うず潮にもまれて

はじめに

長崎新聞のコラム「うず潮」へ投稿した記事をまとめて残したいと意図した本です。この「うず潮」の言葉に誘われて、私が親しんだ「海の思い出」も加えました。以前出版した拙著『想定外こそ我が力——長崎大水害の体験で変わった私の人生』（２０１４年）に海やヨットの話がないという声を多くいただいていました。その読者にも応えようとしました。

コラム「うず潮」にはさまざまな分野の方が投稿されました。そのひと隅に加わった私の記事が25回にもなっていました（連載は平成17年4月から19年4月まで）。

私は海が好きです。私の考え方やものの見方は、海と触れ合った体験に影響されています。

山のあなたの空遠く
「幸《さいはひ》」住むと人のいふ。

噫《ああ》、われひと、尋《と》めゆきて、
涙さしぐみ、かへりきぬ。

子どものころに口ずさんだカール・ブッセ（上田敏訳）の山が、私には海です。水平線まで広がる海、この果てしない海を眺めていると、明日の希望へ駆り立てられるのです。浜辺に寄せる波の音、海面を渡る風のささやきが、その気持ちを高ぶらせる言葉をかけてきます。

ヨットの船べりを軽やかに叩く波音が、ひとりコックピットの私を空想の世界へ誘います。このような海に想いを寄せると、自然と生きる楽しさが湧いてくるのです。

荒れる海では想いをめぐらす余裕などありません。目の前の危険から身を守る手立てに身も心も奪われます。この咆哮《ほうこう》する強風や飛沫《しぶき》を飛ばす荒れ狂う海が、明日へ耐える心を培ってくれました。

鳴門海峡の大うずには圧倒されるばかりですが、西海橋の針尾瀬戸に現れるうず潮は、心の動きに合わせるように穏やかに流れます。現れては消える大小のうずには、遠い過去を呼び起こしたり、空想にいざなったりする不思議な力があります。

西海橋下に現れるうずがひとつとして同じでないのは、複雑な形の岸辺や狭まる海底の岩石がもたらすのでしょう。そのありさまは、人生その時どきの出会いが同じでないのに似ています。

このうず潮に喜びも悲しみも吸い込まれ、それを体に染めつけた多様な想いがつくられると思えば、美しいと見惚れるだけでは惜しいのです。針尾瀬戸の穏やかなうず潮の変化とこの飽きもせず想いめぐらす海が、過ぎゆく過去から未来への希望に転換させ、私の原点を支えています。

目次

はじめに　3

うず潮　9

カナリヤの故ある郷　10
カルチャーショックの故郷　12
見上げてごらん夜の星を　14
写真展「星野道夫の宇宙」に思う　16
あの世がなくなる　18
つながる糸、つなぐ意図　20
長崎版『点と線』への誘い　22
もう昔には戻れない　24
精神文化のルーツ天竺へ　26
ブルータスよ、さようなら　28
心からのホスト王国に　30
「エレガント」を考える　32
文月には、手紙を直筆で　34
科学のバイブル『戦争と平和』　36
長崎は大阪、佐世保は東京　38
とかくに人の世は住みにくい　40
さらば「図らずも」の土壌　42
新学制藩校のすすめ　44
技術立県の胎動　46
大村湾を宝の海に　48
純国産自動車に挑んだ男　50
富か、豊かさか、「美しい国」　52
長崎火吹き竹物語　54
科学は知性、技術は人格　56
さらば、モラトリアム　58

海の思い出　61
逗子の海／ヨットとの出会い／海洋研究会／「太陽の季節」／外国にあこがれて／クルーザーのオーナーに／ねるとんクルーズ／ハウステンボス・ヨットレース／クリスマスと別れ

第二・第三の人生へ　81
東京から長崎へ／ＭＨＩオーシャニクスへの転任／第二の人生の始まり／「蝶々夫人の街・ながさき」からの誘い／未来に思いをはせて

私のルーツ、記憶の父母　95
追憶の父母／父の思い出／母の思い出

あとがき　113

うず潮

長崎新聞連載（平成17年4月〜19年4月）

カナリヤの故ある郷

紅白歌合戦を見ながら「歌を忘れたカナリヤ」を思った。いまや歌番組は、故郷や家族、友人をしのび明日を夢見るものから、躍動感あふれる舞台や目を見張る豪華衣装で彩るショーとなり、聴衆に息つく暇さえ与えない。街は今を楽しむ世界に変わり、誰もが歌手のように歌いイヤホン姿で闊歩《かっぽ》する。五時から男はスナックで歌い、家族とカラオケルームに通う。

疎開先から帰った小学校の窓はガラスの代わりにむしろだった。雨露をしのぐバラック小屋と闇市の東京では、二部授業の3年1組に子どもがあふれていた。野球好きの宮本先生が「音楽ができる子は野球もうまい！　さあみんな、心に太陽を、唇に歌を」と、野球半分の音楽教室は放課後の校庭へ延長された。

食べものも不足し夢も希望もないときに、歌は元気と安らぎを与えてくれた。ラジオ番組『うたのおばさん』から流れるキリリと澄んだ松田トシさんの「ぞうさん」や「メダカの学校」が今でも耳に残っている。大みそかに待ち焦がれたのは、ＮＨＫ交響楽団の第九だった。中学生の手ほどきでつくった鉱石ラジオの第九は、子ども心に希望と勇気を起こさせた。

昔は鼻歌をよく聞いた。料理や掃除をするときの母親、大工さんに左官さん、遊びに行く子どもたちもよく口ずさんだ。鼻歌は生きている証だった。歌には子どもの唱歌が多かったが、笠置シズ子や美空ひばりのころから流行歌となり、高度経済成長で庶民の中流意識が高まるにしたがい鼻歌は減った。

初めてのアメリカで「懐かしきケンタッキーの我が家」や「草競馬」の曲に大人も子どもも体を揺すって唱和する光景に出会ったとき、アメリカ人の心の故郷がジャズ以外にあることを知った。

また、ラデッキー行進曲に聴衆の手拍子が加わり幕となる「ニューイヤーコンサート」のように、オーストリアをひとつに結ぶ息吹がうらやましい。

戦後60年の還暦から、「長崎さるく博'06」は心の歌のような街づくり、人づくりとなってほしい。その心は百人一首、紀貫之の「人はいさ心も知らず古里《ふるさと》は花ぞ昔の香《か》ににほひける」である。そこは誰もが観たい「歴史のある古里」から、心が癒され求める「カナリヤの故ある郷」となりたい。

（平成18年1月20日）

※文末の日付は長崎新聞掲載日（以下同じ）

カルチャーショックの故郷

初めて海外を訪れると、多くの人がカルチャーショックを受けて帰ってくる。昔から「かわいい子には旅をさせよ」は教育の一環であった。情報の少ない鎖国時代の長崎へ勉学に来た人々は、どれほど異文化との触れ合いに心を弾ませたであろうか。いまや毎年海外へ出る1000万人以上の人には、死語かもしれない。

この言葉を、古く新しい故郷のものとして復活させたい。それは好奇心の旺盛さとみずからを振り返らせる人間臭さがひそんでいると思うからである。

久しぶりの東京は桜が開花し、どこも華やいでいた。昔と違うのは外国人の姿が予想を超えて増えていることである。近くに住む外国人の家族連れが集う駅前の桜並木は、桜のワシントンを思い起こさせた。私は、六本木ヒルズや青山通りなど人目をひく高層ビルや街の変化の大きさより、このような人々の表情や会話に大きな魅力を感じてしまう。

40年以上前、イースターの休日を利用してハイデルベルクや東西ベルリンを巡った。デュッセルドルフから、当時日本になかった2階建て車両があるライン特急の「2階の

1等席を」と言うと、女性職員は若い私を見つめて笑いながら「1等も2等も列車は同じ時間に着くのよ。上も下もラインの景色は変わらないわよ」と諭した。1ドル360円で外貨枠もあった時代のことである。

アルトハイデルベルクのケーブルカーで、初老のおばあさんが「ほ～ら、シカよ！見えた」。小さなお孫さんに指差しながら「あなたは日本人？ シカに会うなんてラッキーよ」と興奮して語りかけてきた。

先日、羽田空港の自動チェックイン機で隣の外国人がとまどっていた。「どうしました？」と問うと、カードを手に「マイレージを……」と言った。あらためて画面の表示を見ると日本語であった。旅先のホッとする出会いである。

「問いかけられる前に声をかける」。これは気楽に声をかけてくれた外国の体験から「言葉なんて自国語でいいさ」とかまけているせいだろう。よく「言葉が……」「知らない人……」と敬遠する。

「長崎さるく博'06」は、カルチャーショック日本の故郷にしたいものである。

（平成18年4月20日）

見上げてごらん夜の星を

誰もが愛した坂本九さん主演映画の主題歌である。宇宙誕生140億年、地球は46億年、人類はわずか数百万年、夜空を眺め続けた祖先は今日の産業化時代に欠かせない暦と時間を星から学び取った。

街の明かりが増えるにつれて、天の川は暗く浅いものになった。狭い長崎の空であるが、満天きらめく星空を見上げた子どものころを思い出してみよう。

七夕の日にしか会えない織姫と彦星の話を、明るい天の川を見上げて母に何度もせがんだ。好色でよこしまなギリシャの神々により星座になった青年や妖精の純粋に生きる姿に、おませな小学生は小さな胸を痛めた。織姫はこと座の1等星ベガである。

しかし心を弾ませて見上げた星が、世に守るべき言いつけや敬虔《けいけん》なふるまいの心を育てた時代は遠くへ去った。月に人間が降り立ち、宇宙探査衛星が火星や土星の赤裸々な映像を茶の間に届ける今、情緒的でやわな物語などできるわけがない。すべからく科学的な事実と知育が幅を利かせる。それでもメル友やゲームの氾濫で失われてゆく子どもの感性を取り戻そうと努力する人も多くなった。

先日、東京のお台場にある日本科学未来館のドームシアターで、詩人谷川俊太郎氏のほか、音楽、映像、ナレーションの著名アーティストが参加した「暗やみの色」を観賞した。プラネタリウムの星空に天体の映像と詩の朗読や音楽が加わり、詩情に宇宙の神秘と優雅さを重ね合わせた。30分の演出はその意図と裏腹に、前衛的なエンターテインメントの印象しか残らなかった。おそらく出演者の個性ある主張を見せるのが目的で、見る人の感性を呼び覚ます意図などなかったのだろう。

忌まわしい事件が毎日のように起こる社会の変貌に、知識が主導する教育や制度改革が成功しているとは信じがたい。開国以来、欧米の識者は「個性欠如の民族」とさげすみながらも、貧しくとも清廉かつ謙譲の美徳を旨とする国民性に親しみと畏敬《いけい》の念をもって迎え入れた。アインシュタインは「われわれは神に感謝する。天がわれわれに日本という尊い国をつくっておいてくれたことを」と残した。

有史以来、夜空にまたたく小さな星の小さな光に、ささやかな幸せを発する明日の文化を夢見たい。

(平成18年6月20日)

写真展「星野道夫の宇宙」に思う

「星野道夫写真展inながさき2005」は、真摯《しんし》で思いやりのある心を育もうと集う長崎の有志によって実現したと聞く。いつも出勤時に出会う小学生たちの笑顔が満ちあふれ輝く表情と澄んだ瞳に、大人もそれを失わない一日でありたいとハンドルを握っている私にとって、この企画者の思いが、訪れる人たちの心に交わるよう願った。

新しい長崎県美術館が、それを伝える良い場所となった。飾らぬ気持ちと純粋な心を持ち続けアラスカの自然の一員となった星野道夫の前に、その大地も動物もみずからの姿をさらけ出した。動物たちは「久しぶりの自分を見てよ」とふるまい、「また来たの」とその目は語りかける。遠くひそかに思っていたとおり、写真も言葉も真摯で純粋な彼の心を伝えていた。

道夫は叔母の従弟である。1996年8月8日の訃報に接して以来、長崎で出会う因縁に感謝している。想像だが、彼はカムチャッカの自然に認知されようと取材陣から離れて野営したのではないか。先住者のヒグマは、半島にやってきて間もない彼を受け入れる前に闖入《ちんにゅう》者と見たのかもしれない。カムチャッカから帰ってきたら、アラスカの家に両親と叔母夫婦を招待していた。手配済みの航空券を手に、叔母は初めてのアラスカに胸躍らせていたときであった。

写真展は眠っていた記憶を呼び覚ましてくれた。1969年の初冬、一年ぶりに訪れたニューヨークの叔母の家で、「大変な子がいるのよ。GIザックひとつで、移民船でロスに着き、オールラウンド100ドルのグレイハウンドバスを利用して、2カ月の旅の最後にたどり着いた第一声が『叔母さん臭いでしょ、お風呂を使わして』だって。何週間もシャワーを浴びてないから、本当に臭かったのよ」と言って、満足げにほほ笑んだ叔母の顔を思い出す。

今でもお墓は花で埋まっているらしい。名前を知りたいと名刺入れを設けたが、一枚も入ったことがないそうである。家にも花が届くが無記名が多いとのこと。彼の人柄を表している。

この企画をした人たちの思いを、見た人それぞれに引き継ぎたいものだと美術館を後にした。

（平成17年8月14日）

あの世がなくなる

「あの世を失うと、魂はこの世をさまよう」――惑星から外れた冥王星に思いがめぐる。

紀元前3000年のメソポタミア時代に、星座を横切る不思議な動きの5つの星から惑星命名物語が始まる。変遷を重ねた紀元前400年、ギリシャのプラトンが整理した今日のローマ風名称になる。日本では中国五行の水・金・火・木・土で呼ばれる。

ガリレオの発明した望遠鏡が木星の衛星を発見すると、天文学から人類の科学的進化が始まる。計算や観測で見つけた天王星、海王星と冥王星も、議論の末ギリシャの神々の名となり日本もそれに倣っている。

古代惑星の名は、人々の希望や生活を満たす神々であったが、新しい3つの惑星はこの世と冥界を統治する神々を出現させた。理屈はともかく、迷える現世の人々の世界を見守る盟主の存在は心の拠りどころとなった。おまけに冥王星には衛星カロンというギリシャ版三途《さんず》の川の渡し守がいる。六文銭を取る渡し守がなくなれば「あの世千日この世一日」、今を楽しむ現世に魂は閉じ込められてしまう。

子どものころ、親からよく「ウソをつくと閻魔《えんま》さまに舌を抜かれるよ」とか、「悪いことをすると、閻魔さまに地獄へ落とされるよ」と言われた。最近の子は「閻魔さま」の役割を知っているのだろうか。ついこの前まで、現実を超える世界も私たち人間の生活の一部であった。

科学とはものごとを知的・合理的に探求し、その法則を見いだす学問である。星空から暦や時間を発見した人類は、科学を興し科学的思考によって物質的にも精神的にも満たされてきた。しかし科学的とは薄情にも「証明されないものはウソ」と、理屈の通らない心の故郷《ふるさと》となる伝説や歴史を切り捨てる。冥王星はこの科学と情緒の心のはざまを揺れ動いた。

夜空に星を見上げるとき、理屈を離れた無形の彼方に思いをはせたり願い事をしたりする。情念をはさまぬ科学なら学問的番号で済む。情緒が科学を育んだことを忘れてはいけない。科学万能というこの世にも、情緒を養う子どもの世界を残したい。人間しか持たない情操の心は理屈や対症療法で補えない。科学と非科学が融合する新しい科学の心を育てる長崎を期待して。

（平成18年9月20日）

つながる糸、つなぐ意図

誰でも思わぬ出会いで受けた言葉やふるまいから、今のおのれがあるという経験を持つだろう。名月の宵には自分を振り返り、この糸を探ってみたい。

昭和57（1982）年の家をなくした長崎大水害は、私に海外生活の機会をもたらした。不安交じりで降り立ったメキシコの3年で、ザビエルや秀吉と二十六聖人、アカプルコに立つ支倉常長《はせくらつねなが》や昔の友人・知人との糸をほぐす楽しさを知った。

メキシコ市から南へ1時間、美しい都市クエルナバカの大聖堂に、屏風絵《びょうぶえ》のような長崎の入江や島々と二十六聖人が「太閤さま処刑……」の文字を付して描かれている。上塗りの壁が剝《は》がれて現れたこの壁画は、訪れる人に禁教令と殉教の因果を強く知らしめる。

今度は北のテポソトランにある黄金の教会の壁に、ザビエルと出会う。「自分も無視され、辱めを受けることを厭《いと》わないキリストの生き方を完全に生きよう」とするザビエルの日本見聞記に、「武士たると平民たるとを問わず、貧乏を恥だと一人も思っていない」とある。

半世紀もの間、よく外海町を訪ねた。数年前、クリスチャンの友人を外海に案内した。遠藤周作文学館はすでに時間が過ぎて閉館していた。出津教会からド・ロ神父記念館へ下っていると、立ち話をしているシスターに出くわした。「閉館したのですか」と問うと「戻りましょう」とほほ笑み、向きを変えた。記念館へ入ると「オルガンの修理ができたの」と促され、賛美歌を2曲も歌うはめになった。久しぶりのシスターは昔と変わらぬあるがままの姿で接してくれた。

ド・ロ神父が示した生き様を無意識のうちに引き継いでいるのだろう。ホッとする情感の営みがこの地に残っている。長崎市になった今からも、ここを求めた狐狸庵《こりあん》（遠藤周作氏の雅号）の意思を重ね合わせ、失われゆく「こころ」を残し続けてほしい。

禁教令は長崎に深い殉教の跡を残した。パリ大学で回心を促したイグナチオ・ロヨラに「謙遜《けんそん》な生き方の第三種類の人」とまで言わしめたザビエルは、日本人を「傑出した民族。理性的な話を喜んで聞く。自然の摂理に反することは罪だと断じれば諸手を挙げて賛成する」と書簡に残した。この「言葉につながる糸」を「科学につなぐ意図」としたい。今年はザビエル生誕500周年である。

（平成18年10月10日）

長崎版『点と線』への誘い

この年になるとやたら屁理屈をこねた連想ゲームをしたくなる。最近この長崎を舞台にして出会った交友を例に、松本清張の『点と線』と当NPO（長崎県科学・産業技術推進機構）の科学技術を重ねてみた。

3年前に企画した「中国の石油事情」の講演者神原達《かんばらたつ》とは、小学校以来半世紀ぶりの再会だった。早稲田大学山岳部の猛者《もさ》で、昭和30年代にネパール文化研究を名目にネパールへ行き、王室図書館に入る唯一の日本人となった。石油公団審議官退官後の今も、世界の石油事情通である。

長崎総合科学大学矢島浩教授は、神原君の麻布高校時代の同級生である。彼と私の接点は、三菱重工入社時にさかのぼる。初対面で出た町の名前から「神原を知っているか」と問われてからだった。45年前のこのとき、3人の点と線は三角形になった。

昨秋2度目の来崎となった神原夫妻を、矢島君と平戸で迎えた。その日は偶然にも平戸のお茶会だった。夫人に所望され松浦家の茶席に上がると、ご当主が東京で夫人のテニス仲間であったためか、床の間の最上席に座らされた。41代当主章《あきら》氏と初対面の神原君が交わす話から、両家が姻戚関係にあるという奇遇に発展した。これは長崎へ出発する際、亀山神社境内にある中山愛子像に会うよう申し渡されてきたからだった。

中山愛子は34代平戸藩主松浦清の11女で、その娘中山慶子が明治天皇の生母である。中山慶子は神原の曽祖母中山夫見子の姪だった。長崎45年の間、中山愛子像など知らなかった。その像を前に「君は、そんなに由緒があったのか」とほほ笑んだ。

点や線から描かれるキャンバスの絵のように、出会いや離別から再び戻り舞台を演じるときめきは、科学の要素研究から技術の結晶を得る感動に共通する。

宿題がある。「ネパールから帰りの船賃がなく、バンコク唯一の日本人旅館カワチヤで世話になった。ご主人も女中さんたちもみな長崎の人だった。長崎で出会いたいのは、カワチヤさんのルーツだ」と言って帰京した。

（平成17年11月20日）

もう昔には戻れない

「よい年の大人が恥ずかしくないのか」と一喝された時代と違い、今では40にして惑うどころか60を超えても自制心のないふるまいを見る。「それでも大人か」と言われる成人の日の騒ぎはもとより、思いも寄らない殺傷事件など年齢の差なく発生する。高校卒業の年ごろになると、ふざけることとすら「それでも大人か」とさげすまれた時代は去り、「優しい社会を」と唱える時代となった。

「もう昔には戻れない」と古稀を過ぎた新年に思う。私の若いころに「教養が邪魔する」という言葉がはやった。いつから聞かれなくなったのだろう。米国型物質文明を追うあまり、すぐ儲けに役立つ専門教育に偏重したのは明らかである。すでに高校から文系・理系に分化した科目に偏り、大学にも教養課程がなくなってしまった。私が選択した「江戸文学」や替え玉で出た「フランス文学」が、技術の世界でもさまざまな役に立った。

高学歴こそ必須とする日本のグローバル化は、年齢・性別を問わぬ殺傷事件や詐欺・不祥事から始まるのかと疑いたくなる。いまや「グローバル化と競争」の激流は、教養などに留まる暇も与えない。頭だけで学ぶ高等教育が「残忍無比」や「残酷無慈悲」など思考の埒外《らちがい》にしてしまうのだろうか。時図らずも柳沢伯夫厚生労働大臣の女性を「産む機械」とする例えは、「健全」を追求する側にも、同じ姿を見てしまう。

小中卒が多数だった昔、我が日本が世界一安全な国と胸を張った。そのころの小学校には用務員のおじさんが住んでいた。先生に緊張する学校にあって、叱られながらも用務員室は校内唯一の甘えられる場所であった。過熱する中学受験の報道に、受験問題集を持って仲間の家を巡回したころを思い出す。誰もがお菓子屋の子に順番が来るのを心待ちにした。駄菓子にも不自由だった私たちは、和菓子のおやつに勉強を忘れた。

人類の歴史で昔に戻った例はない。安倍晋三政権は「美しい国」を合言葉に憲法や教育という国の根幹に迫ろうとしている。国の形はその礎となる人の姿で決まる。過去を振り返り「知識より情操」と育まれた時代には戻れない。戻れないことを是認して「美しい国」をどのようにイメージするか、長崎人に期待したい。

（平成19年2月16日）

精神文化のルーツ天竺へ

「牛は匂いで判断し、庶民は目で判断する。王はスパイで判断し、バラモンは聖典で判断する」とある。ものごとの「判断基準でお門が知れる」という梵語《ぼんご》である。天竺《てんじく》にはわれわれに身近な言葉がある。それもそのはず、天竺といえばお釈迦さまの国インドである。三蔵法師が持ち帰った教典は中国から日本に伝わり仏教が完成したと言われる。武術や茶・華も、武道、茶道、華道と言うように、人の道を究める日本の精神文化は煩悩を排する仏の道に通じている。

45年前のこと、サクレクール寺院で出会ったインド人へ送った写真の礼状が来た。当時の私は貧しいインドに手紙が届くとは思っていなかった（失礼）。その後、仕事で行く先々には働くインド人がいた。誰もが彼らを優秀だと言った。一世を風靡《ふうび》するシリコンバレーのＩＣ技術はＩ（インド）とＣ（中国）の人でもつと言われた。いまやインドはＩＴ産業を中心に、中国と並ぶ成長街道を驀進《ばくしん》している。

そのインドも、長く続いた植民地からの独立に挑んだチャンドラ・ボースや非暴力主義のガンジーを経て、１９４７年８月15日に初代首相ネールを誕生させた。近年の日本との関係は、日本無罪論を主張したパール判事、サンフランシスコ講和条約を欠席した翌年には国交樹立・平和条約締結をした自主路線、昭和天皇崩御に3日間の喪、広島原爆の8月6日に黙祷を捧げる議会等々、悠久のガンジス川の流れのように続く。

インドの国旗は、ヒンドゥー教とイスラム教とその和解を表す3色旗の中心に仏陀《ぶつだ》の精神・法輪を配している。また国の標語には、梵語で「まさに真理はおのずと勝利する」とある。貧しい国ではないが貧しい人の住む国で、「善行は最高の義務である」「卑しい人は争いを欲する」という。

最近日本であまり聞かない「正直の頭《こうべ》に神宿る」「だますより、だまされよ」「苦あれば、楽あり」と説かれた時代があった。近年使われる「思いやり」「優しさ」「ゆとり」などと違い、言葉に人格がある。「美しい日本」にもハイウェイより人の道、インド国の標語を超える言葉が欲しい。

ある朝、「なんでいつも化粧した顔なの？」と孫に問われた祖母の答えが「明治の女は素顔を見せないの」だった。梵語には「美徳は人間の装身具」とある。

（平成18年11月22日）

ブルータスよ、さようなら

「ブルータス、お前もか」といえば、シェイクスピアの『ジュリアス・シーザー』の第三幕である。実直で正義感が強く、もっとも寵愛していたブルータスを暗殺者のなかに認めて、シーザーは叫んだ。ポンペイから凱旋したシーザーが取り巻く陰謀者に気づかず暗殺される場面は、観客を失意の底に陥れる。

世界に冠たる高学歴化や構造改革とグローバル化により、世界の一員として安定と繁栄の社会実現を願う思いに反して、「理由なき障害・殺人事件の毎日、カード偽造や振り込め詐欺による信用社会の破壊、耐震偽装に見る技術者の科学工学無視、新指向的ホテルサービスの裏舞台」等々、今までにない人間性崩壊のような事件の連続に、このせりふがよみがえった。

「新学制藩校のすすめ」（本書44ページ）で紹介した井口潔先生の「感性は先祖との間を循環するが、知性は一代限り」とする人間科学で分析すると、大脳のどこが機能するのだろう。感性の遺伝子にならないことを祈るばかりである。

この混沌とした世相のなかで、人づくり・ものづくりによる地域活性化の取り組みが繰り広げられている。「長崎さるく博'06」による歴史資産と長崎気質の顕在化、美術館や歴史博物館に公園・図書館等の施設による知識と癒しの創造など、目先の道具立てとその人員配置のみで終わらないことを期待する。すなわち、祖先に循環する感性を、知性によって改変するか遺伝子の組み換えによって変革するかである。

いまや生産型社会は次世代に向けた環境循環型社会へ舵を切っている。美しい自然と歴史に育まれた長崎は、ゴミのない清潔で美しい町を全国に先駆けて実現したい。その道のりは長く、人の資質や人知が欠かせない。不安の満ちる今こそ長崎は、脱「ブルータス、お前もか」産業特区を標榜《ひょうぼう》し、感性と知性で気品と魅力あふれる人材創出産業地域になる初夢を見る。

山崎武也氏（株式会社インタナショナル・アイ社長）は、著書『気品の研究』（PHP研究所）で述べている。「教育には、気品の教育が先決。教えを説くとは、矯正と強制の部分がある。良いことを押し付けて、させること」と。それが民間非営利団体（NPO）に参画する人々が思いをはせる「技術と人材こそすべての原動力」である。

（平成18年2月21日）

心からのホスト王国に

一生の間に誰もが「運命的な出会い」に出くわすという。トリノオリンピックのフィギュアスケート女子シングルで金メダルに輝いた荒川静香さんは、自分の演技に使う曲が図らずも開会式で歌われたことに運命的なものを感じたという。私も数ある出会いのなかで、「世界の狭さが岩をも崩す」ハプニングに出くわしたニューヨークを忘れない。

初めてアメリカへ出張したときのことである。目的は、受注条件である米国規格を日本の工業規格に変更してもらうことだった。商社の人から到着早々「受注後の仕様変更は、国際入札で認められない」とクギを刺された。空から眺めたまばゆいニューヨークは目の前で暗転した。

打ち合わせ初日、コンサルタントの面々と昼食を共にした。技術マネージャーのG・ケンプラーの「3年前にスペインで、キヤノンを日本から届けてもらった」昔話から、その運び屋が私だったとわかり、会食の席は一斉にどよめいた。午後の会議では、われわれの提案が「世界は狭い」の一言でことごとく承認された。商社の人は予想もしない展開に驚いた。それは1964年の冬、私が初めて海外出張したとき託された手荷物のなせる結果だった。それまで記憶の端にも上らなかったカメラが、「ニューヨークの出会い」となってよみがえった。

ニューヨークに出張するたびに、ロングアイランドにある家に泊まることになった。ある日、奥さんの「アカデミー賞をとった映画を観に行こうと思うけど、ススムはどう?」という提案に「英語もプアーだし、西部劇なら……」と答えると、新聞をめくって週末の計画を変更した。

その居間には私が贈った本や品物がいつ来てもあった。似たことは、ペンパルだったドイツ人の家にもあった。よく研修でテーマとなる「お客さま本位やホストの心構え」などは、強い信頼で成り立つ社会にとって自然の営みなのだろう。

「長崎さるく博'06」を前に思い起こした私の体験から、組織や肩書きを超越したホスト気質を醸成したい。また、日常的になっている観光イベントや姉妹都市の活動には一過性の派手さはないが、ともすると陥りがちな行政的消化型から、ホスト魂の心を発揮する一般市民への広がりを期待する。

（平成18年3月21日）

「エレガント」を考える

あるとき部長が「アメリカで銀髪の美しい秘書に、あなたはエレガントですね、と言ったら相好を崩して喜んだ。この言葉はアメリカの女性にとって最高の褒め言葉らしかった」と言った。私も「子どもはキュート、若い女性はビューティフルかチャーミング、30代はインテリジェント……」と聞かされたことがあった。

エレガントは一般に「上品」と訳される。男仲間の「紳士だね」と同じように「お上品」とは、賛辞とも皮肉ともつかぬ使われ方もする。最近『国家の品格』（藤原正彦著、新潮新書）で話題になっている「品格」はどうだろう。

『広辞苑』を開くと、上品は「品柄のよいこと、品質のよいこと」、品格は「物のよしあしの程度、品柄」とある。頭に「よい」も「悪い」もつけられる品格は、「よいこと」に限定された上品の勝負にはならない。その意味で「気品」（山崎武也氏の著書『気品の研究』）が適切かもしれない。

仏教の世界で上品は「じょうぼん」と読み、「極楽浄土に往生する者の階位を上・中・下に三分したその最上位、最高級」と説明されている。

漢字でエレガントに似合うのは、『南総里見八犬伝』の第一の玉「仁《じん》」だと思う。孔子が提唱した「礼にもとづく自己抑制と他者への思いやり、忠と恕《じょ》の両面を持つ」道徳観念である。

今に品格とは、競争社会に呼応するプロの素地に近いからであろう。しかしである、自由競争や管理・監督の論理のなかに存在する道徳性は、しばしば無視される。ニューヨーク大学フライドソン名誉教授は「倫理観を必要とする第三の論理・プロフェッショナリズム」を提唱する。これを「不祥事などと無縁な優れた仕事そのものが喜びであり、職業倫理を高め守ること」とリクルートワークス研究所所長の大久保幸夫氏が著書『ビジネス・プロフェッショナル』（ビジネス社）で述べるプロの道に、エレガントの存在を認めたい。

今、世間の耳目を集める「品格」や「プロ」の言葉に文字通りあこがれても、品位なく矢を立てれば、仁《ひと》を失うのである。どのような品格やプロを目指すか、「エレガント」に一考してみよう。

（平成18年5月20日）

文月には、手紙を直筆で

七月は文月という。その語源はともかく、虫干しで発見した懐かしい文《ふみ》や書に親しむ月と勝手に解釈する。最近はパソコンが主流となり、手紙も言葉も電子メールやワープロが主流となった。そのせいか文章が味気なく、言葉使いの乱れも危惧《きぐ》されている。戦争も知る戦後派の私にとって、敬語や謙譲語の混用や言葉のマニュアル化と制約される言語の現状に違和感を覚えている。

流行の「脳トレ」にあやかり、七月だけでも言語文化強化月間として手紙や宛名くらい直筆にしたい。言語で脳を鍛えるゲームや書物が品切れになる世情である。また、歌手さだまさし氏の長崎弁バージョン「がんばらんば」が受けている。

長崎に来て驚いたことは、祖母からの手紙であった。限られた広さに寸分違わぬ文面をイメージして書き出すのか、ハガキ一面起承転結無駄なく埋め尽くす崩し字は、大きさ行間とも等しく整然と流れる。私など終わりに近くなるほど詰まってしまう。それに比べてパソコンでは修正・移動等々自在で助かるが、表現や構想もあいまいな表現になりやすい。

兄がいた私は仮名が読めた。書くのは小学校からである。男の先生は文字の書き方や形に厳しかった。小さな原稿用紙に「サクラガ　サイタ」を10回書く宿題が出た。すじ隣の二年生末利ちゃん（漱石の孫娘。現随筆家、半藤末利子氏）が書いてくれた宿題は、三重マルだった。後ろめたく叩いた松岡家の勝手口で、お母さん（漱石の長女）が「進ちゃん」と笑ったその目にいっそうの恥ずかしさを感じた。このことが言語への関心を高めた。

国語が好きだったせいか、算数の応用問題をおもしろがって解いた。しかし、高等数学はさっぱり駄目である。文化勲章受賞の数学者岡潔氏の言葉で「数学は、情緒である。論理的に物事を考える基礎は国語にあり」に接し、数学が苦手な自分を納得させた。文・理の科学より技術の機械工学を専攻した私は、今こそ「文系志望は数学を、理系は国語を」と主張したい。

文字と数字の発明・発見こそ文明社会発展の基礎となったゆえに、品格ある言語を社会・文化の資産としたい。

（平成18年7月21日）

科学のバイブル『戦争と平和』

1945年3月10日深夜の空襲は、日本橋から浅草の市街地を狙った無差別爆撃である。325機のB29爆撃機が約3時間に32万発の焼夷《しょうい》弾を投下した。爆撃による火災は江東区東部にまで類焼し約27万戸が焼失、10万人の命を奪った。浅草地区では初期消火活動の住民が逃げ遅れた。この大量殺戮の戦術は大阪からついに広島、長崎の原爆となった。

父の同僚の「防空壕にいたら助からなかった。無我夢中で隅田川に飛び込んだ。熱くて水面から顔を出せない。たまらず溺れ死んだ……」と臨場感あふれる話に、小学生の私も引きずり込まれた。父は電車で1時間もかかる藤倉電線㈱（現在のフジクラ）へ自転車で出勤した。黒く焦げ累々と道路に横たわる屍《しかばね》と、焼け野原となった日本橋から本所、深川の無残な東京を語る表情は、一般人を狙った爆撃を許さぬ怒りにゆがんでいた。

父は家族を即刻疎開させる決断をした。疎開に向かう東京駅前は、学徒動員の薄黒い服で埋め尽くされていた。連日の空に輝く銀色のB29爆撃機に慣れ親しんだ私には、異様な暗さが脳裏に焼きついた。

人類の歴史に争いのなかったときはない。しかも平時なら犯罪として裁かれる行為が、戦争ではその大義と優れた戦術として喝采《かっさい》を浴びる。

戦争による文民被害や人権侵害に歯止めをかけようと「条約を守ること。文民を標的にしないこと」等々、ウィーンに始まるジュネーブおよびハーグ条約を制定した先人たちの願いは、いまだ成功していない。むしろ現実は覇権と利権にもてあそばれ、国際関係とはそんなものだと肯定する。

『戦争と平和』でトルストイは、「叡智《えいち》の持つ科学はただひとつ、あらゆるものの科学です。これを受け入れるため自分自身の人間を清め更正することです。そのためわれわれの心には良心という神の光が与えられているのです」と書き、「歴史も個人を動かしていく法則、すなわち原因探求から法則探求によって科学になる」と主張する。

私たちは、この科学から遠い理屈の世界に留まっていると自覚したい。それが次の「イワンの馬鹿」にたどり着くことを願い。

（平成18年8月19日）

長崎は大阪、佐世保は東京

長崎県はどこから始まったのだろうか。もっとも古いのは、松浦党の根拠地ともなった「宇野御厨荘《うののみくりや》」の肥前の国松浦であろう。大国主命《おおくにぬしのみこと》を継ぐ鍛冶屋の末裔《まつえい》、伊福規氏《いふくただし》が住まうところから古代に源を求められる。佐世保は新しい町である。明治31（１８９８）年に海軍鎮守府が設置されて街となった

九州で初めて降りたのが佐世保であった。こんな田舎の広い舗装道路に驚いた。赴任して最初に訪れた平戸では、くすんだ幸橋の先に軒先の傾いた駄菓子屋と教会の前で出くわしたグラビアの表紙から抜け出たような娘さんが目に浮かぶ。

平戸も昔の面影を残さないきれいな町になったが、じげもんらしさがなくなった。

私は今でも県北平戸、松浦から県南島原、口之津までよくドライブする。道路や建物はきれいになったが、山や林をうねり流れる景色と街角の空気に、本州を縦断しているような錯覚を覚える。

平戸から佐世保まで散在する村落と人里離れ耐えている山や森の風情は、東北を思わせる。海軍でできた街佐世保は、会話も少し気取った東京のような開放感がある。広い大きな並木道や芝生の緑も瀟洒《しょうしゃ》な都会風を映し出す。

大村は名古屋、諫早は仙台である。いずれも藩主の歴史を引きずるのか、おっとりした空気とあいまいさを感じ、とくに大村は住みたくなる町である。

長崎市は商人の町である。「もうかりまっか」という大阪弁が聞こえても不思議でない抜け目なさを感じる。

諫早を出て島原半島へ向かうと陽光まぶしい山陽道を思わせる。島原は広島のように働き者であり、口之津の対岸天草は橋が架かりそうである。

このように長崎県を本州になぞらえる私には、箱庭さながら原点の異なる歴史と文化を持ち、その自然の変化に富んだ陸域・海域が、ロハスの文化圏や新しい環境技術とバイオ産業の起源にならないかと気持ちが騒ぐのである。

異なる点さえあればこれらを線で結び面にも立体にもできる。多様な原点を持つ長崎は、さまざまな発想や視点を持つ人材や産業を生む持参金を持った土地だろう。可能性だけで眠っていた四川省のピートのように、妖《あや》しい思いが心をくすぐる。

火力発電所の設計を担当していた私は、各地の発電現場へよく呼び出された。道中持参の書類に疲れると、車窓の外にひそむ宝探しをしながら自己満足に浸ったものである。自然も社会も仮説と実証が科学の命である。「科学の心」、これに忠実ならば最近目にする自然科学を無視するような出来事は起こらないであろう。

（平成17年12月20日）

とかくに人の世は住みにくい

「智に働けば角が立つ。情に棹《さお》させば流される。意地を通せば窮屈だ」（『草枕』）。いじめの源は大人にあり。「年わすれ少年時代へ歳忘れ」（歳末古希）。

久しぶりで中学松組のクラスが新宿に集まった。昨今の世相や生活から中学時代へ話の花が咲いた。「いじめがあったかなぁ」「あったさ、おれもやられた」「そうか」との会話に、T子が中途入学の思いを披露した。転入学が多い学校だったせいか、その経緯など聞いたことがない。「男子と言葉を交わすことを禁じる校則のある学校にいたの。それを守らず話をして、問題児にされて校長へ抗議までする娘を心配した父親が転校させたの。おかげで素直な自分になったのよ、わかる？」と。

誰もが校則など思い出せなかった。ただ人格形成の規範がよく話された。ある日、文化祭の片付けをする人たちの横で遊んでいたら、「この学校は自由なのですね」という見学者の声がした。教室を掃除したゴミを床下にある避難壕へ落とし込んで先生に見つかり、実行犯として排出作業を科せられた。とくに注意や叱責もなかったゆえにか、規範にもとると無性に恥じた。

「だまさず、偉ぶらず、我慢するのが男の子」と話していた母に頭が上がらない。その始まりは母の背にあった。混雑した都電のなかで背中から「ママ、おしっこ」「もうすぐだから我慢なさい」「うん」。が、黙って漏らしてしまった。実家のアイロンで黙々と着物を乾かす母の背に、小さい胸は痛んだ。内弁慶の私は幼稚園に馴染まなかった。「行きたくないの」「そうなの」と半年で中退した私に、卒園の記録はない。数々ある不甲斐なさの記憶は鮮明である。

「六三制、野球ばかりが上手くなり」。校庭の場所取りは先着順だった。メンバーを揃えて校庭へ出ると、年下の男子がひとりで「僕が早い」と譲らない。理屈と押しの元総理、故橋本龍太郎である。約束事を見直す話は「良心と良識に待つ」で終わってしまったが、自然と揃った組が優先されるようになった。

思えば、規則をつくればつくるほど自発の心は離れていく。規制緩和こそ規範意識を呼び戻す素《もと》かもしれない。漱石没後90年、『坊っちゃん』発刊100周年の年の瀬は、夏目の世界に棹さそう。

（平成18年12月21日）

さらば「図らずも」の土壌

1543年、鉄砲を持ったポルトガル人が種子島に漂着した。1549年、フランシスコ・ザビエルが時計を携えて日本に来た。模倣品をつくった職人たちは、やがて自前の銃や和時計を完成させた。

明治に入り電球が伝わると、不可能と考えられていた豆電球をつくり輸出した。また、自動織機は改良されて、英国へ逆移転された。

戦後、トランジスタを消費者向けラジオに、またビデオを家庭用テレビにしたのは日本人である。

このような産業創造の事例は、枚挙に暇がない。先進国の技術から応用製品を生み出す機会は世界中どこも平等のはずだが、なぜ日本に多いのだろうか。とくに小型化や複合化で抜きん出ている。

文武両道を極めんとする武士、寺子屋に子どもを駆り立てる親、ものの真髄に迫ろうとする職人精神が、日本刀や南部鉄、西陣織や和紙などを仕上げた。古来より栄えた地域は、教育と産業が支えた。鎖国日本の長崎に南蛮人がもたらす文物を求めて、図らずも全国から人材が遊学してきた。このような向上心の土壌が、産業創造を成し遂げた。

バブル後、変貌する産業構造にさらされた企業家有志の「変化に耐え道を切り開く科学技術」を合言葉にした「技術立県道場」は、その後250社に及ぶ「科学・産業技術経営者連盟」に発展した。時の川添一巳代表（ラッキー自動車社長）は「夢のような通信技術の話を聞き、中身もわからず携帯電話を扱って目からウロコだった。事業も効率化した。どんな業種にも科学技術が必要と身をもって感じた。ただしみなさんの話はサッパリだが」と首をすくめながら、辻産業、富建、西日本流体技研ほか多士済々の思いをひとつにした。

これに呼応するように長崎県科学・産業技術議員連盟が誕生し、県は「科学技術振興ビジョン」を制定した。国や他県は、羨望《せんぼう》のまなざしで後を追った。

この活動は「科学技術で近代日本の推進役になった人々の再現こそ、地域活性化の鍵である」と、NPO法人長崎県科学・産業技術推進機構の山邊時雄理事長（長崎総合科学大学常務理事）に引き継がれている。

（平成17年9月16日）

新学制藩校のすすめ

医学・理学博士の九州大学井口潔名誉教授は、羽田空港で手にした医学者アレキシス・カレルの著書『人生の考察』（渡部昇一訳、三笠書房）に感銘し、人類繁栄の法則を研究した結果、人間科学による教育を提唱している。

新生児の心が成長し、自立し、成熟して一生を終えるまでの精神発達の過程を科学的にとらえ、大脳機能の感性と知性を、生きる力「感性は先祖との間を循環する」と生きる手段「知性は一代限り」と喝破した。著書『ヒトにとって教育とはなにか？』（文芸社）は、知性偏重が人類を危うくすると主張している。

連日報道される新たな殺人事件が、長年培われてきた性善説の日本を性悪説の遺伝子に組み換え始めると危惧《きぐ》するのは思い過ごしであろうか。40年も前、スイスのホテルで部屋の鍵をレストランに忘れた。廊下を戻ってくるとアメリカ人の老夫婦が「鍵は身から離さないこと」とほほ笑んだ。「日本では鍵を持たないので」と応答した私は教育者ではないが、今やその言葉を共有する。

教育制度は古く大宝令（西暦702年）による大学・国学に始まり、鎌倉・室町、徳川幕府を経て明治4（1871）年の廃藩置県まで、地方独自の時代であった。徳川天下といえども諸国大名の藩校、寺子屋、郷学・私学により人材を育てた。県内7藩3郷には藩校・郷校があり、大村・平戸・島原の各藩校には「習礼」、島原・対馬には「医学」があった。とくに大村の「五教館」が藩士に限らず庶民にも開放された。

中央集権化は明治5年の学制発布からである。「一般の人民は、必ず邑《むら》に不幸の戸なく、家に不幸のヒトなからしめんこと期す……」の理念を掲げ、四民平等と小学校の開校や中・大学の整備を言い渡した。

長崎県では学制発布直後、大村に福重小学校が創設された。また、全国に先駆けて小・中学校の整備をした歴史がある。五教館は、幾多の変遷を乗り越えて、現在の大村高校となった。

終戦60年の節目にあたり、制度改革を求める声が響いている。時間のかかる人づくりには、神社仏閣コミュニティや長屋塾など、現代版寺子屋はいかがなものだろう。

（平成17年10月18日）

技術立県の胎動

「本道場は長崎県内の技術開発型企業が中心となり、産、学、官、政、報、労、教、関係者による、自由闊達《かったつ》、本音で討論、切磋《せっさ》琢磨《たくま》、以《も》って強靭《きょうじん》な企業体質を構築、県勢の活性化に寄与し、併せて科学技術離れの風潮を是正し、……」は、技術立県道場（代表＝故西淳《にしすなお》）の提言書（平成6年4月23日付、文部大臣宛）の書き出しである。

三菱重工業㈱長崎研究所の故金森政雄の指導を受け、西淳が滲透工業㈱を設立したのは、昭和28（1953）年のことである。研究所で技術こそ企業や地域隆盛の基《もと》となる様を体感した西氏は、現在の理数離れや3K嫌いの日本を憂えて、「将来の長崎経済活性化のためには、技術力が欠かせない」と民間企業家に呼びかけていた。

平成元（1989）年、長崎県工業技術センター所長に就任した現福岡大学教授長田純夫氏が職員一人一技を唱え、「先例を破るのが科学技術だ」と果敢に挑戦していたその姿に、西氏は自分の思いを重ねた。

この真摯《しんし》な思いに、研究技術計画学会の向坊隆会長は、学会初の地域シンポジウム「地域活性の盲点を探る」を決断し、平成4年8月長崎で開催した。シンポジウムは、企画・提案した長田純夫氏や県内企業44社の実行委員会によって運営され、講演やパネルディスカッションなどに600名を超す参加者は、新しい世界の到来を予見した。

その余韻は「科学技術こそ長崎、いや国家繁栄の柱なり」となって、燃える県内17社の企業家を駆りたて、平成5年1月に道場が設立された。平成6年の道場秋場所は、西日本流体技研を立ち上げた道場一の論客、故小倉理一社長により、煽情的問題提起「長崎新発見！　大変革の中、あなたならどうする?」に始まり「今からの経営者は一歩踏み出す勇気を持って進む必要がある」と締めくくった。

このように多くの先人たちが残した技術立県の遺伝子を、長崎の新しい文化として定着させねばならない。

（平成17年5月17日）

※その後、技術立県道場は、科学・産業技術経営者連盟（代表＝川添一巳）を経て、現在のNPO長崎県科学・産業技術推進機構（理事長＝山邊時雄）へ引き継がれている。

大村湾を宝の海に

大村湾に思いをはせて活動するボランティア団体や市民グループは多い。私が参加している「大村湾再生研究協議会」は、日本有数の閉鎖海域である大村湾に関する研究や技術開発により、環境改善はもとより県経済活性化にも寄与しようと夢見る産学民の有志によって、3年前に始まった。「湾に注ぐ河川には、どこでもホタルやメダカが棲《す》める水質の実現から」が合言葉である。

横山哲夫会長（元長崎大学学長）は「大村湾は代表的な閉鎖水域という。しかし、宇宙から見れば、地球上の海に出口はない。大村湾に取り組む意義がそこにある」とあいさつされた。この総会では、これまで勉強してきた結果を、県策定の「大村湾活性化計画」各事項に対応する具体案作成にする活動目標を採択した。

45年前、三菱重工長崎造船所に赴任したころ、時津沖のキスゴ釣りが社員親睦《しんぼく》の恒例行事であった。その入れ食いのキスに興奮したのも遠い昔となった。今では貧酸素やヘドロ堆積《たいせき》で、魚影を見ることさえ難しくなったと水産関係者は嘆いている。

ところが昨年、サザエやイワシ、海草のアマモが戻ってきたと、協議会の分科会会長である大村湾南部漁協の松田孝成組合長が言う。例年になく数多くやってきた台風が海を激しくかき混ぜたためらしい。昔流に言う天の恵みである。この自然の恵みに応える意識を広く市民が共有したい。

沿岸から見る海は陽光にきらきら光り、夕日に染まる。この美しい海と景観に魅せられたのは、長崎の人ばかりではない。いつまでもこの姿であってほしいと、佐賀大学の佐藤三郎先生と有志が、大村湾の清掃活動を組み合わせた第9回「大村湾ウルトラマラニック」（マラソン＋ピクニック）を開催し、全国から参加した約100名のランナーたちが2月の大村湾を楽しんだ。

折しも京都議定書によるCO_2削減が始まる。この大村湾から、一人ひとりが努力を惜しまない県民風土と次世代への宝を創造したい。

（平成17年4月20日）

純国産自動車に挑んだ男

「ものはすべて宇宙の理に則《のっと》った発見であり、原理原則が必ず存在するということを熟知すること。無視したものはすべての分野で破滅する」。岩崎弥太郎の従弟、豊川良平の哲学である。

この信念のもと、「企業体質の健全化は他国、他社のものまねでなく、ただ人材のみである。人材の育成とその幅の広さ、多様性により、企業は社会に貢献することが可能であり、使命である。三菱は商人でなく武士である」と言い切り、社会に貢献する人材を育て、日本の産業振興を先導した。

その長男豊川順彌は、日本の技術力を純国産自動車の生産で示したエンジニアである。「技術こそ産業発展の基《もと》」との信念で渡米し、独力で自動車の勉強をした。帰国後、「米国に学ぶものなし。基礎技術はすでに日本にあり。例えば鋼《はがね》は、日本刀で実現されている。自動車になっていなかっただけ」と言い、製作のための工作機械まで開発して純国産自動車の生産に挑んだ。

大正10(1921)年、試作車を完成。平和記念東京博覧会において銀賞を受賞した。

翌年、純国産軽量小型９４８cc、14馬力、空冷４気筒４サイクルの「オートモ号」が完成した。大正14年には自動車倶楽部主催のオートレースで１６０馬力以上の欧米車を尻目に予選1位、決勝2位となり、その名を欧米に知らしめた。ちなみに優勝したカーチス車には、若き本田宗一郎（のちのホンダ技研工業社長）が同乗していた。また、大阪・東京ノンストップ競争でも4位で完走した。

このように完成度の高かった国産車が、昭和4（１９２９）年に生産中止してから70年経った平成12（２０００）年の国産自動車展まで埋もれていたのは、理より利とする舶来・模倣の風土に、豊川家哲学の居場所がなかったからにちがいない。

私も50年ぶりに再会した豊川慶君（順彌氏の子息）からいただいた『花伝』（平成15年4月発行）に載る「父・豊川順彌」で知った。

将来を模索している長崎は、このような先人を超える人材輩出の地にしたいものである。

（平成17年6月14日）

富か、豊かさか、「美しい国」

敗戦の焼け野原から立ち上がった先輩たちは、「貧乏人は麦を食え」と言われながらも伝統の勤勉さと滅私奉公気質で「政治は三流」ながら世界の経済大国へ上りつめた。「招かねどあまたの人のすだくかな富といふ物ぞたのしかりける」（『兼盛集』）と、東京23区の地価でアメリカ全土が買える「富」の演出は、夕張市に象徴されて幕となった。「な丶へやへ花は咲けども山吹のみのひとつだになきぞあやしき」（『後拾遺和歌集』）。廃墟の町から思いがけず「くにを愛する」成人の誕生は、「愛国心」や「思いやり」が富の多さや、はたまた法律や制度でもなく「苦しくとも愛されている」から生まれることを見せた。

「たかき屋にのぼりて見れば煙《けぶり》たつ民の竈《かまど》はにぎはひにけり」（『新古今和歌集』）。「天皇が天に立つのは民のためである。過去の聖王たちは一人でも民が飢えたら自分の身を責めたものである」とする仁徳天皇に、民は力を出し合って難波の地を強く平和な国につくりあげた。世界最大の墳墓が築かれたのも「仁・徳」による平安と五穀豊穣への感謝がさせたという。

フランスの社会学者ジャン・ボードリヤールは「日本という国が豊かなのは日本人が貧しいからだという逆説も成り立つ。国が豊かであるためには、まず一人一人の個人が豊かでなければならないという欧米的な理想主義とは違うモデルがあるのだろうか」と言う。この欧米の理想と逆に「国が豊かになってはじめて個人が豊かになる」というのを日本人のモデルとするなら、「いつになっても豊かさなど手に入らないのではないか」と佐和隆光氏は著書『市場主義の終焉』（岩波新書）で主張する。

「あしたパーフォーマンスするの」。幼稚園の子が自慢げに言った。「それって何?」。年老いた頭は子どもたちの発表会よりパーフォーマンスに明け暮れる大人を連想した。バス停へつぎつぎとやってきたどの子もいきいきとして心地よい。そのふるまいに暗い世の表情などみじんも感じさせない。これでもかと続く事件や不祥事が娯楽番組に思えてくる。次の世代へ巣立っていくこの子たちには無縁となるように「美しい国」は「身も心も豊か」で進めたい。醜いアヒルの子は白鳥になった。

（平成19年1月17日）

長崎火吹き竹物語

鍛冶屋の鞴《ふいご》や踏鞴《たたら》と鉄鋼業のランスチューブは、かまどの火吹き竹である。この火吹き竹魂が、長崎に技術立県の炎を吹き上げた。

「因幡の白うさぎ」で知られる大国主命《おおくにぬしのみこと》に継ぐ、因幡の国天孫族光明命を祖とする古代製鉄氏族・伊福部臣氏の末裔《まつえい》を標榜《ひょうぼう》する伊福規《いふくただし》氏は、生月鉄工所に古代技術職（鍛冶屋）の精神を引き継いでいる。その名「伊福」の由来は、「鞴」や「踏鞴」とされている。

現代の製鉄、製鋼を支えるランスチューブ業界のトップメーカーは、時津町にある滲透工業㈱だが、長崎の人はあまり知らない。科学を信じ技術を愛した故西淳《にしすなお》氏が開発、起業した会社である。ある先生が材料の相談に大手の専門会社を訪ねたところ、「それなら地元にある滲透工業に行きなさい」と言われたそうだ。

日本で鉄といえば日本刀や南部鉄瓶だろう。長崎では「蚊焼包丁」が市民に親しまれている。

年配者にとって、新日鉄八幡の煙突から吹き上げる七色の煙は、「鉄は国家なり」や

「富国強兵、殖産興業」をうたう日本近代化の象徴であった。長崎でも茂里町にあった三菱製鋼所の赤い煙が、町の景気の尺度に感じられた。

戦後つぎつぎと開発された新技術は、設備の最適化による生産性向上や公害防止対策なども含めて首位の座を維持しようと、終わりなき技術者の努力で煙のない製鉄・製鋼所を完成し、その能力、品質ともに世界一を維持し続けている。もし技術の挑戦を避けていたなら、煙と粉じんの鉄鋼業は、国土の狭い日本から撤退のやむなきに至っただろう。

鉄鋼産業を飛躍的に向上させたのは酸素である。それを可能にしたランスチューブは、高熱高温の鉄に超音速の速さで酸素を吹き付け攪拌《かくはん》し、私たちに必要な材料とする。このため高度な耐熱耐蝕《たいしょく》性能を要求され、今も関係企業は独自の技術開発にしのぎを削っている。

長崎で製鉄の話を聞かないが、古代製鉄氏族から市井の蚊焼包丁を経て現代の先端技術まで連鎖すれば、「長崎火吹き竹物語」による技術立県が期待できる。

（平成17年7月13日）

科学は知性、技術は人格

３月は卒業式の月である。多くの送別の辞には勇気をくれるものも多い。放送大学学長だった吉川弘之元東大総長は、社会で問題がなかなか解決しないのは「知識が人の中に留まっていて使われていないからだ。知識を使う知識が必要になる」と学生を鼓舞した。それでも卒業式の送別の辞には、明日を示唆する「希望」がある。

別離の辞には心が痛む。「あなたが死にたいほど辛く生きた今日は、昨日死んだ人が生きたいと願った今日」には救われても、小泉信三元慶應義塾大学塾長の子息信吉に宛てた手紙に圧倒される。銀行勤務を後にして海軍へ志願した子息は１年３カ月後に戦死した。ここに子息に宛てた全文を紹介して卒業の辞としたい（『海軍主計大尉小泉信吉』文藝春秋より）。

「君の出征に臨んで言って置く。吾々両親は、完全に君に満足し、君をわが子とすることを何よりの誇りとしている。僕は若し生れ替って妻を択べといわれたら、幾度でも君のお母様を択ぶ。同様に、若しもわが子を択ぶということが出来るものなら、吾々二人は必ず君を択ぶ。人の子として両親にこう言わせるより以上の孝行はない。君はなお父母に孝養を尽したいと思っているかも知れないが、吾々夫婦は、今日までの二十四年の間に、凡そ人の親として享け得る限りの幸福は既に享けた。親に対し、妹に対し、なお仕残したことがあると思ってはならぬ。今日特にこのことを君に言って置く。今、国の存亡を賭して戦う日は来た。君が子供の時からあこがれた帝国海軍の軍人としてこの戦争に参加するのは満足であろう。二十四年という年月は長くはないが、君の今日までの生活は、如何なる人にも恥しくない、悔ゆるところなき立派な生活である。お母様のこと、加代、妙のことは必ず僕が引き受けた。お祖父様の孫らしく、又吾々夫婦の息子らしく、戦うことを期待する。父より」

ある日ステッキ片手に歩く姿に接して身が引き締まった。威風堂々と空襲で大火傷を負った顔を正面に、信念と慈愛に満ちた人間のあるべき誇りを知らしめた。そのとき私に「科学は知性、技術は人格」と思わしめた人格者小泉信三に思いをはせる。

（平成19年3月16日）

さらば、モラトリアム

父の四十九日の席で問われた。「就職を考えているか。これからは工作機械の時代になる。Ｔ社はどうか」「三菱造船長崎（現三菱重工）を考えています」「東京から遠い。母さんの近くにしろ。同じ造船ならＩ社はどうか」。独り身になった母を気遣った伯父である。向き不向きなど考えもせず「何でもできる大人に、早くなりたい」。小さいときの夢が実現した。20世紀は「希望と選択」の時代だった。

ベルリンの壁が壊れてからグローバル化により実力を競う時代になった。ＩＴ化によるメールの多用などで人間の付き合いも薄れ、自分の居場所すら不明確にしてしまう。昔なら、「自分に向いた仕事に出会うまで定職に就かない」などと選択を先送りする若者は、「君は青春を浪費している」と一喝されただろう。

古くギリシャ時代から多くの哲学者が人間を考えた。「考える葦」（パスカル）や「我思うゆえに我あり」（デカルト）を経て、アンドレ・マルローは「希望の存在」こそ「人間の尊厳」、すなわち責任を果たす人間の小説『希望』を書いた。サルトルは、図書館の本を全部読み終わるまで結論を先送りする独学者を皮肉をこめて描いた小説『嘔吐』で、人間は「選択する存在」と定義した。

人類の祖アダムとイブが禁断の木の実（知恵）をとって楽園から地上へ追われ、パンドラの箱から悪がこの世にあふれ出たその底に「希望」だけが残っていた。みずからホモ・サピエンス（知恵のある人）と命名した人類は、本能で生きる他の生き物と違い「知恵と希望」でしか生きられない。知恵は知性によって生命力となり、希望は感性によって創造力となる。いずれの本性も本能でなく教育で磨かれる。

私が学んだコーチの手法「キャリア・マネジメント」では、ビジョンを掲げて価値と強みを鍛え、市場価値を高める行動を積み重ねさせる。まさに希望と選択のコーチングである。

長崎から新しい脱モラトリアムの門出を期待して、作家ルイ・アラゴンの「ストラスブール大学の歌」の一節で締めよう。「教えるとは、希望を語ること。学ぶとは、誠実を胸に刻むこと。……学問とは永い永い忍耐」。


（平成19年4月22日）

海の思い出

逗子の海

砂浜に寄せる波のドーン、ドーンという音に、鬼が来るとおびえて眠れなかった熱海の旅館を思い出します。父に連れられて熱海で見た初めての海は広く、3歳の私には空とつながる海が不思議に思えました。1歳のころの8ミリの映像に、母の実家の人たちと、逗子の砂浜をヨチヨチ歩く私が写っています。

戦争が終わり少し豊かになり始めたころ、海水浴が夏の人気レジャーになりました。水泳を始めた小学生のとき、この逗子で初めて平泳ぎができてから、泳ぐことと広い海が好きになりました。小学生の夏休みには、雨が降ろうと毎日学校のプールに通い、競泳で先頭を切る泳ぎに興じたものでした。

「障子紙が破られた」は芥川賞に値する文学たりうるかと論議された時代です。大議論の末、石原慎太郎の「太陽の季節」が、昭和31(1956)年の受賞作品になりました。この作品は長門裕之と南田洋子が主演した映画『太陽の季節』になり、これまでの常識を超える若者新時代突入の号砲となりました。

このとき石原裕次郎が映画や歌で話題を独り占めにし、この石原兄弟や加山雄三が海とヨットを楽しむ様子に触発された若者たちが、湘南の海岸に殺到した時代です。

本格的外洋クルーザーの停泊する油壺に対して、狭いながらも逗子の鐙摺《あぶずり》ヨットハーバーには、中・小型のクルーザーからセーリングヨットまで多数係留され、若者が多い

逗子の鐙摺ヨットハーバー

港でもありました。

ヨットを始めた中学生のときに、防波堤の上から真っ暗な水平線を双眼鏡で睨《にら》み、初島レースで横浜港を出航したクルーザーが現れるのを待ったのが鐙摺でした。

ヨットとの出会い

中学2年のときでした。初対面の中村君が、成城池の畔で「中学校にヨット部が復活したいから入らないか」と声をかけてきました。ヨットでは「来るものは拒まず、去るものは追わず」。間違うと命にかかわる海の世界は、自分の命は自分で守る自己責任の世界です。ヨットは写真を見たくらいの知識でした。入部すると、部員は彼

ヨット人生の始まり

と私の二人だけでした。

入部してから開催されたインターハイは、私にとって初めてのヨットレースでした。房総沖を台風が通過中というラジオ放送にもかかわらず、横浜港の防波堤沖合いでレースが強行されました。荒天の高波に沈没するヨットがいるなかで、沈没だけはまぬがれたいと、中村君と木造のディンギーを操りました。何位に入ったか聞きませんでしたが、得点1点を獲得しました。それから40年もあとに購入した新艇ハンター30の処女航海では、荒天の五島灘で洗礼を受けました。横浜のレース以来、海の初体験では荒天の先例に浴する運命を背負っていると思ったものです。

海洋研究会

慶應義塾大学へ入学して間もなく、三田にある海洋研究会に入会しました。文系の学生ばかりの会員に、唯一理系の私が小金井にあった工学部所属でした。逗子の鐙摺ヨットハーバーが、海洋研究会のヨットに親しむ活動の拠点になっていました。このように

外国航路のアメリカ丸で体験航海

して三田の学生と触れ合う機会が、私には異次元世界への入口になりました。今はやりの大型客船によるクルージングの旅に先駆けること60年前、貨客船アメリカ丸で横浜から神戸まで船旅を体験したのもこのときでした。

入会してまず驚いたのは、ヨットの購入費を稼ぐダンスパーティでした。一世を風靡《ふうび》していた鈴木章治とリズム・エースを呼んだサンケイホールには、若い男女があふれました。もっとも、当時のヨットは高価だったので、一杯くらいしか買えませんでした。

夏休みには葉山の民家を借りて、海洋研究会の合宿がありました。合宿は、ヨットの操船もさることながら、手旗信号の練習や規律を遵守する生活を通じ

海洋研究会のヨット合宿

て、社会人になる準備と親睦の場でした。雑魚寝の合宿所では会員が自炊で食事をつくりました。葉山の街外れにあった合宿所近辺には娯楽の場もありません。しかし、近くに米軍家族が住んでいて、会員にとってアメリカの若い女性と交流するのが楽しみになりました。とくに、社交性に富んだ文系学生にとって、ボリュームもある溌剌《はつらつ》とした外国女性たちは人気の的でした。

「太陽の季節」

私の友人が近くの別荘を借り上げて遊びに来ていました。都会恋しさもあって自由にふるまえるこの別荘を、数人の海洋研究会会員とよく訪ねました。

同道する連中は、女性を見るとすぐにアプローチにかかるので、その妹さんや女友だちには迷惑だったかもしれません。合宿所に帰ってきて「おい、前かがみになるとワンピースの首もとからオッパイが見えたぞ」と話し合っているのを聞くと、友人を紹介したことを後悔したものでした。折しも「太陽の季節」が、若者の自由奔放な行動を駆り立てたときでした。別荘に来ていた娘さんたちが「男性をナンパしに行ってきま～す」と鎌倉海岸へ出かけて行くのを見て、女性上位の時代を予感したものでした。

夏休みの大半を逗子で過ごしていた私は、真っ黒に日焼けして海水浴場のボート屋さんと間違えられました。また、海水パンツにシャツを羽織ってバスに乗り、わがもの顔に葉山から鎌倉までを闊歩《かっぽ》していました。

友人たちを乗せて、心地よい風を受けながら葉山沖へ向かう狭い岩場を抜けようとしたそのときです。一陣の風が沖から水路を吹きぬけたかと思う間もなく、春一番となりました。危うく岩にぶつかるところを急回転して、ラッキーだったのか腕がよかったか、奇跡的にも岩場をすり抜けることができました。海には一隻のヨットもボートもありませんでした。高い追い波と強風に翻弄《ほんろう》される船体に、必死でラダーを操ってハーバーの岸壁を回り込むことができたときには、ホッとして全身の力が抜けました。

岸壁の上から多くのヨットマンが私のヨットを見ていたそうです。帰ってくるなり先輩が、「末光がいつチン（沈没）するかって、みんなで見ていたんだ。お前よく帰れたな」と笑った瞳が今でも記憶に残っています。

石川弥之助君（右）と逗子海水浴場で

このように過ごした夏を振り返るたびに、恥ずかしく思うことがあります。それは同期の石川弥之助君の家でよく夕食をごちそうになったことです。私の宿泊施設からバスで15分くらいだった彼の家を、毎晩のように訪ねたものでした。勤めから帰られたご父君を交えた食卓にはごちそうが並び、会話が弾みました。それを何とも思わず、厚顔無恥にも毎晩夕食にありつけてありがたいと思っていました。今になって赤面していますが、当時はそんな意識がなく、石川家ご家族といることが当たり前のようでした。そんな分け隔てのないご家庭を懐かしみ、またうらやましく思い出します。

他人の家に遠慮なく入り込むのは、子だくさんの家庭が多かった東玉川町の生活があったからでしょう。向こう三軒両隣の子どもたちには、近所の家に入って遊ぶのに何の差別もありませんでした。どの家庭も子どもたちが上がり込むのを、ご近所のよしみで当然と受け入れていました。中学校へ入ってからも、仲のよい子どもたち同士が家々を渡り歩いて不思議に思われなかった時代でした。

外国にあこがれて

中学生のころから外国にあこがれて、横浜大桟橋へよく外国船を見に行ったものです。まだ旅客空路のない時代です。当時の横浜大桟橋には強いアメリカを象徴するオリエント・ラインのクリーブランド号が、定期的に乗客を乗せて入港していました。

大西洋のように大型客船の歴史がない太平洋航路も、戦前には日本が誇る浅間丸や氷川丸が豪華な船旅を提供しました。父が浅間丸でアメリカまで行ったときの話を、よく子どものときに聞きました。

それらの客船も戦時徴用で航行中に、アメリカの潜水艦の魚雷攻撃を受けて海の藻屑になりました。唯一氷川丸が生き残って山下埠頭に係留されていた以外に、日本で本格的な客船を見ることはなくなっていました。

戦前に父が撮ったアメリカの写真や8ミリ映像を見て、小さいときから外国にあこがれていました。中学時代には、友人とよく通った封切洋画館で見るアメリカ映画の生活

昭和30年ごろのオリエントラインと横浜大桟橋

や風景が、子ども心を海外へ駆り立てました。

終戦後、フルブライト留学くらいしか海外へ出られない時期に、我が家の隣の横山さんの息子さんは、外国航路の通信士でした。貨客船に乗って何カ月も国外へ出ているのにあこがれました。海外のおみやげは、日本で見られなかったきらきら光る包装のキャンディーでした。外国へ行く最短の道は船員になることだと思ったものでした。

小学生時代の田園調布には、進駐軍に接収された多くの家々に、米軍家族が住んでいました。しかし、私の海外との縁は、中学校時代のペンパルとの出会い、訪問する家を間違えたばかりに立川基地の家族と過ごした大学時代、海外プロ

西ドイツ(現ドイツ)のペンパル、ハイジ(左)

ジェクトの初仕事で奇跡を生んだカメラなどが、鮮明に記憶に残ります。どれもが偶然から始まった不思議な海外との出会いです。

なかでもペンパルに連なる奇跡のようなふたつの出来事を記述します。

ひとつは、雑誌『中学生の友』にあった海外との文通記事を見て始めたドイツのペンパルとなったハイジです。彼女とは、近くの野原で採ったヒースや子どもの誕生祝いにおもちゃを贈ってくれたりする関係が長く続きました。三菱重工入社後、彼女との初対面が、部長に同行した海外出張で実現するとは想定外でした。こんな出会いからハイジには、スポーツ少年団の長男をハンブルクで迎えてもらったり、出張者がケルンの見物や

ロングアイランドのG.ケンプラーと子どもたち

自宅に招かれたりしたものです。

　ふたつめは、このときの出張でスペインへ運んだカメラから運命の出会いとなった数年後のニューヨークです。テーブルを囲んでいたアメリカ人が、「世界は狭い」と驚きの声を上げました。きっかけはシニア・エンジニアのケンプラー氏が、「スペインにいたとき、日本から持ってきてもらったキヤノンを今も使っている」と発言したことから、運んだのが私だとわかったからです。この運命の出会いが、国際入札後に仕様変更を認める常識破りとなりました。

　その後ニューヨークへ出向くたびに、ロングアイランドにあるケンプラー家へ招かれて、家族のようなお付き合いとなりました。

クルーザーのオーナーに

１９８２年７月23日の長崎大水害による崖崩れで、長崎市郊外にあった我が家を失いました。住む家がなくなったこともあり、翌年の春からメキシコ市にある三菱重工事務所に３年間駐在することになりました。メキシコ西海岸には、アカプルコ、マサトランなどの有名なリゾート地が点在しています。

マサトランの港には、アメリカやカナダから、遠くはオーストラリア、ニュージーランドから来た豪華ヨットがひしめくように停泊しているのを目にして、私たち日本人がこんなに裕福な生活ができるようになるのだろうかと思いました。

不思議なことに、帰国後外洋クルーザーを所有する運命がやってきました。世はバブルの真っ最中で、晴海の展示場ではマリンレジャーのヨットとモーターボートのイベントが人気を集めていました。会場にはところ狭しと大型のクルーザーがひしめいていました。北洋の荒波を受けるヨーロッパのヨットは頑丈なつくりで、内装は磨き上げられた応接室のようでした。

帰国後ヨットやモーターボートが並ぶ時津のマリーナをぶらりと訪れたときです。マリーナの営業マンでした。

「こんにちは。ボートをお探しですか」

「うん、ヨットでもと思って。高いんだろ?」

「どんなものを希望されますか」

「中古でも、安いクルージングヨットが……」

「ちょうど、中古でヤマハの24フィートのモーターセーラーがありますが……」

ポンツーンに係留された船は、狭いながらも5人は入れそうなキャビンがありました。ひとりぼっちで太平洋を横断した堀江謙一青年のヨットは19フィートでした。ひとまわり大きいのですが形がダサいので、ドンくさい首領をもじって「DONI」(ドン1世)と命名しました。

「60万円です。3年経ったら30万で買い戻してもよいですよ」

本当に買い戻してくれれば、年間10万円で遊ぶ計算が頭を横切りました。ついに清水の舞台から飛び降りて、クルーザーのオーナーになった瞬間でした。

強い風にも足が遅いが安定したヨットでした。週末には知人たちを誘って大村湾の帆走や無人島上陸などで楽しみました。一度は国の検査官を乗せて工程の促進を図ったこともありました。しかし、使えば使うほど、船足が遅く狭いモーターセーラーに飽き足らなくなりました。

シングルハンドで操船できる30フィートクラスの本格的なクルーザー探しが始まりま

した。多くのヨットが係留されていた博多の小戸ヨットハーバーや琵琶湖にも足を運びました。毎年開催された晴海のボートショーを訪れるたびに気持ちが高ぶり、アメリカ製ハンター30のヨットの購入を決めました。ヨーロッパ艇の半額くらいでした。こうして第二の清水の舞台から、高齢者仲間に入らんとする年から外洋クルージングの人生が始まりました。

新艇「DONⅡ」（ドン2世）を駆って五島列島を目指した処女航海で、五島灘の強風と白波の洗礼を受けました。それは中学生のときに、台風下の横浜で強行されたレースを思い起こさせました。

荒海の洗礼を受けた「DONⅡ」で、五島はもとより平戸や生月島などの島々を訪れたり、ハウステンボス・ヨットレースなど、多くの仲間とヨットの楽しみを満喫しました。宮崎脳外科病院理事長のレース艇と一緒に西海橋を抜けて、長崎近海の外洋をクルーズしたものです。

ねるとんクルーズ

私の「DONⅡ」は時津のマリーナ・アルパマから、会社の若い女性5人を乗せて大村湾に浮かぶ小島を目指して出港しました。心地よい風を受けながら走る私たちに併走する古賀稔君のモーターボートには、男性新入社員5人が乗り込んでいました。

大村湾を走る外洋クルーザーＤＯＮⅡ

この企画は、ヨットに乗ってみたいという女性たちの声に、新艇でヨットを体験してもらおうと考えたものでした。どうせならと、当時テレビの人気番組だった『ねるとん紅鯨団』の「ねるとんパーティ」にヒントを受けて、同数の若き男性を誘いました。この名前に女性陣は色めきました。小島に上陸してバーベキューをするうえに男性と出会えるという話に、女性たちの華やいだ会話が飛び交いました。

「マリーナへ帰還後、告白しろよ」

と言う私に、

「いいわよ、その場では駄目なの？」

「うん、かまわないよ。だけど帰りに落ち込まないか」

「そう、それもあるかな……」

この企画にふさわしく、天気は快晴、穏やかな水面を吹き抜ける心地よい風、水を切る船べりの音、何をとっても「ねるとんパーティ」に最上の舞台でした。

小島に上陸して料理を囲んだ世界から、若者同士のカップル誕生を期待したものでした。バーベキューを始めたころには互いの会話も一段と盛り上がり、これは成果ありと緊張したものです。

興奮冷めやらず帰途につき、

「意中の人がいたら告白してよいよ」

との問いに、女性が望む相手をそっと告げました。

この興奮覚めやらぬうちにフォローしようと、第2弾は4台の車に男女を混載した車で「ねるとんドライブ」を企画しました。いずれも成果なく終わりましたが、写真を見ながら、私にも若き時代があったなと、今さらのように懐かしむのです。

ハウステンボス・ヨットレース

毎年8月の終わりにハウステンボス・ヨットレースが開催されます。レースで勝負を争うことが好きなヨットマンは12マイルのロングコースへ、勝ち負けよりハウステンボスに来て家族ぐるみで和気あいあいとレースの雰囲気や大村湾を楽しみたい人には9マイルのショートコースがありました。

この時期には風が吹かないことが多い大村湾です。ピタリと走りが止まってしまった船から海へ飛び込んで暑さをしのぐクルーも見られたものです。

当初は160杯もの外洋クルーザーがこの大村湾に集まり、日本最大のヨットレース

ハウステンボス・ヨットレース、スタートへ向かうＤＯＮⅡ

となっていました。経営者が変わったのを境に、レースが一本化されて参加艇が減りましたが、今でも60杯以上のヨットが大村湾を埋める風物詩となっています。一度は石原慎太郎氏所有のコンテッサが来て賞をかっさらったこともありました。

昔は琵琶湖ヨットレースが雑誌を飾ったものでしたが、多いときでも40杯くらいだったようです。琵琶湖の場合には、船を持ち込むのに陸路輸送が避けられません。

一方ここハウステンボスは、西海橋の下の針尾瀬戸で世界の海とつながっています。レースに参加する人たちは列島に沿って、東京など関東や、近くは九州各地から外洋をクルージングして参加してきました。ハウステンボスのヨットハーバーには、遠くアメリカからの船もあります。

ヨットレースの醍醐味は、スタートで有利な位置を確保しようとひしめき合って争う緊張した瞬間が第一だと思っています。スタートしてしまえば思いおもいの方向へ、広い海原にマークを目指して、風や潮の流れを追って散って行きます。つぎがマークを回るときの争いです。いかに相手を遠ざけて先に内側へ入り込むか、緊張が走ります。

ショートコースでは、この醍醐味よりも趣味・趣向に合わせた自由な帆走を、家族連れの多くが楽しみました。参加艇の全員がバーベキューや出しものや遠くから参加したメンバーなどを紹介する前夜祭で盛り上りました。

平成21(2009)年のレースではスタートから風がパタリとやんでしまい、集団から離れて右往左往しているうちにビリになってしまいました。コース短縮が告げられたすぐあと、突然5メートルを超える風が吹き出して第一マークへ突入したのですが、私たちはブービー賞を争うのが精一杯でした。

大村湾で開催されるその他のヨットレースにも参加していましたが、暑い陽に照らされた数時間にも及ぶレースは、寄る年波に勝てず敬遠するようになりました。最近の暑さは格別で、各地で熱中症のニュースが多発するようになった機会に、ヨット生活から卒業することにしました。

長崎港ワーフ前のクリスマス

クリスマスと別れ

クリスマスのころになると、長崎港のワーフ前に集ったボートが明かりを飾りつけ、港の夕べに彩りを競います。春から夏へ、夏から秋へ、そしてクリスマスへと繰り返しながら、海と親しみ触れ合う年を重ねてきました。そんな海との触れ合いは、齢80を迎えたときに終えました。

以上のような海との付き合いが、その時どきの事象に向き合う発想の幅を広げてくれたのでしょう。長崎新聞の「うず潮」の記事は、それまで海で受けた試練や体験があったからこそ、書けたと思っています。

第二・第三の人生へ

東京から長崎へ

家族や友人・知人と学び遊んで過ごした東京から、見ず知らずの長崎へ来て社会人となった一歩を踏み出してから、はや半世紀を超えました。

長崎行きについては、当時の日本原子力㈱に勤めていた伯父の家で「父が亡くなり、母澄江の元から離れるのに反対だ。同じ造船なら石川島へ入れ」と言われました。「日本一の会社に入りたい」という私の言葉に納得して、「ただし、長崎の女には気をつけろ」と言われた言葉だけが記憶に残っています。そんな伯父が、私の知らぬ間に三菱造船㈱へ紹介状を出していたことを、その写しが送られてきて知りました。

友人たちから「お前、都落ちをするのかぁ～」と言われました。その言葉に抵抗を感じながらも、同じ三菱の横浜や神戸を選ぶ友人を横目に気持ちは長崎に飛んでいました。

平成元（1989）年4月1日に、この三菱重工業㈱長崎造船所（入社当時は三菱造船㈱長崎造船所）を離れました。52歳のときです。

中曽根康弘首相が提唱した民活化の流れに乗って、ハイテク化された兵器の整備業務を担当するMHIオーシャニクス㈱を設立して出向しました。

その後の業歴は、MHIオーシャニクス㈱、長崎県産業技術振興財団（現長崎県産業振興財団）、NPO法人長崎県科学・産業技術推進機構（現産業技術推進機構長崎）の3つの団体を歴任して、4分の3世紀を生きた75歳にフリー宣言をしました。

ＮＰＯ法人の理事としてボランティア活動を続けていましたが、任意団体である「蝶々夫人の街・ながさき」に請われて、みずからの専門や経歴にまったく関連ない異文化である音楽愛好家のお手伝いをすることになりました。

それまでの団体活動で多くの思い出に残る出会いに遭遇しましたが、その詳しい話は別の機会に譲るとして、この団体に所属するまでの経緯にだけ触れるにとどめましょう。

MHIオーシャニクスへの転任

まずＭＨＩオーシャニクス㈱へ転任です。岩瀬道の三菱重工本館前で多くの社員に見送られて長崎造船所を後にしました。このときには、同様の見送りを受けてメキシコ事務所へ赴任したときの感慨はありませんでした。

それから８年間、新設された三菱重工業㈱資本１００％の新会社を、みずからの考えでつくりあげることに生きがいを感じた毎日でした。諫早工業団地にあった特殊機械部工場内に事務所を置きました。これまでに付き合いのなかった海上自衛隊制服組幹部クラスが訪ねてくると、出会いに異色の新鮮さを感じ、会話する時間を満喫しました。

火力プラントから移ってきた私は、国の存続に命を懸けることが当たり前とするこの組織の人たちに、新しい人間味と官僚臭さの入り混じった雰囲気を発見しました。前例にとらわれずこのような異質な世界に向き合えたのは、真摯《しんし》に接する自衛官の姿に親しみを覚えたからでした。

あるとき面談した海上自衛隊の幹部から、「民活もよいが、いざ有事の際には機能するだろうか」と語りかけられました。

とっさに、「ご心配なく。そのときには当社社員全員が、海上自衛隊へ出向します」と答えました。

今思えば、この政治や行政の社会は熟慮を重ねて結論を出さないのが常であり、日ごろから具体的な予測準備をしていない組織では「後日検討してご相談します」が模範解答であったでしょう。私は、目的の基本に合う結論から始めてしまいました。

このとき私の思考が長崎大水害を境に変わっていたことをあらためて認識しました。水害のあと、明日の命はわからないと実感したときから、予測する思考が迷いを誘発する弊害もありましたが、政治や行政の役目は、前例にないことを想定する構想力をもって、明日へのよりよき社会の実現に向けて後押しするのが本分であると思い始めていました。

責任を取る仕組みが明確化した組織であれば、危機にあって責任者が先導して、実務者が業務で穴を埋めていくことができます。これを実現するのは制度や規則の条文ではなく人間です。それも、目的のために条文を活かす人です。そのような人間は、組織の醸し出す人間相互を信頼し合う環境から育つと思いました。

MHIオーシャニクス㈱発足時の社員旅行

新しく設立された会社に三菱から出向してきた社員に接して、これまで私が所属した職場で見なかった特異な体質に出会いました。戦前からの伝統ある特殊機械部は、その名にふさわしい兵器の生産技術と管理を維持した環境で育ったのでしょう。国防という一般社会と隔絶した独自組織には、社是にある「顧客第一」の文字がかすんでいました。

私を育ててくれた三菱の経営理念と手法を、ここで適用してみようと思いました。組織や規則の縦割りを意識せず、顧客である海上自衛隊が困っている問題には、分野を越えて解決に力を貸しました。他社が担当だったシミュレーターの開発を任されたこともありました。そんなことから、親会社の対応に業を煮やして「この仕事は三菱でなくオーシャニクスに……」とまで言われ、丁重に断ったこともありました。

赴任2年目の夏に休暇を取り、車で長崎から北海道一周のドライブ旅行を敢行しました。その途中で、非公式に水雷整備所を訪問して仕事抜きの懇談を交えながら、全行程4500キロを走り切りました。

この私に触発された大湊の水雷整備所長が、出身地の大分までお盆の休みに車で帰ったと報告がありました。この型破りの旅と基地訪問が、人間的な親しみを顧客に感じさせたのでしょう、仕事の満足度と相乗効果になって新会社に対する海上自衛隊の覚えが一気に上がりました。

このとき大湊から佐世保に転任してきた水雷整備所長の推薦もあり、佐世保総監部から海上自衛隊に貢献した企業として表彰され、東京湾に浮かぶ迎賓艦に招待されたのも記憶に残る出来事でした。

三菱の傘下にありながら、新しい職場を任された私は制度にこだわらず、みずからよかれと思う経営を実行させてもらい、出向社員の意識も高くなりました。この社の退任に際して、「数ある後方支援各社のなかで、唯一御社MHIオーシャニクスが後方支援にふさわしい会社」という言葉を海上自衛隊幹部からいただいたとき、誇りある会社をつくれた満足感が私を包んでくれました。

第二の人生の始まり

第二の人生は60歳の定年退職を迎え、時を待っていたように始まりました。県の外郭団体である長崎県産業技術振興財団で任期を迎えた常務理事の職を引き継ぐよう求められたのです。

それまで防衛庁とお付き合いした経験から、官僚の職場は私の性格に合わないと固辞していましたが、同財団の専務理事である県庁担当部長から「常務理事でなく、すべてをお任せする専務理事をやってもらいたい」と話がありました。この年になれば、これまで社会で育てていただいたお返しをする番かもしれないと、第二の人生は社会貢献と割り切りました。一切を任せられ、理事長であった高田勇県知事にご挨拶することもなく失礼を極めた私は、今となって礼を失したことだったと悔やんでいます。

このとき自治省（現総務省）から産業労働部部長となって出向してきた古川康氏（のちの佐賀県知事）や国の産業総合研究所から工業技術センターに出向していた長田純夫所長と出会ったことが、私の活動を支えてくれました。この財団からは65歳をもって引退しました。私はこのときを人生のひと区切りとして、自由な生活をデザインしたかったのです。

財団に所属しているとき、産業界の役に立つ活動をしようと企業ＯＢの人たちがシニア・エキスパートという団体を立ち上げました。日本経済新聞にも取り上げられて話題

NPO科学・産業技術推進機構主催の講演会

となったこのグループは、おもに三菱重工の技術系OBで構成され、県内外企業の技術指導や製品開発にかかわる幅広い支援活動が評価されました。

工業技術センターの長田純夫所長は、従来の公務員にない発想で「科学技術こそ長崎県を活性化する」と唱え、組織を越えて活動する人でした。彼の実行力は県内企業家の賛同を得て、長崎県科学・産業技術経営者連盟や県議会の議員連盟が立ち上がり、長崎県の「技術立県」を目指す科学技術振興ビジョン策定を迫りました。

長田所長が退任したあと、平成13（2001）年に県の科学技術振興ビジョンが策定されたことで、長崎県科学・産業技術経営者連盟が解散する動きもあり

NPOが表彰された佐世保高専表彰団体記念

ましたが、ＮＰＯ法人に組織替えをして、民間のボランティア組織として活動を続けました。

長崎で滲透工業株式会社を創業した故西淳《にしすなお》社長は、みずからの経験から「経済発展には技術力が欠かせない」と提唱して、平成６年に経営者の勉強会「技術立県道場」を立ち上げました。長田所長が主導した長崎県科学・産業技術経営者連盟は、この組織を源として結成され、県内企業約２５０社が参加した影響力を持つ団体になりました。

技術立県にもとを発した産業振興の活動も国レベルに広がり、活動母体は少数になったとはいえ、有志企業によるユニークな活動は衰えていません。

ＮＰＯ法人が初めて取り組んだ大きなプロジェクトは、中小企業の技術力向上研修事業でした。平成18年、19年に佐世保高専と組んで、経済産業省の委託を受けて実施した10テーマの技術者研修は、その後も佐世保高専と佐世保市が協力した事業として続いています。

「蝶々夫人の街・ながさき」からの誘い

75歳を機にNPOの仕事も若手に譲り、会員として必要に応じて参画することにしました。理由はいろいろありますが、なんといっても人間は限られた寿命しかありません。変化する時代に即した活動は、その時代の人間で継続すべきと思っています。また、残された人生くらい自己本位に生きたいと思いました。

NPO法人から自由の身になると、長崎の音楽文化に貢献する活動をしている人たちの団体「蝶々夫人の街・ながさき」から誘いが来ました。私は小学校6年生のときに声変わりして、一日声が出なかったことがあります。そのことから、二度と歌うまいと決意したことがきっかけで、音楽からスポーツに埋没してきた私には、二の足を踏むものでした。

カラオケがはやり、誰もがカラオケルームに通う時代になっても、また海上自衛隊員たちの玄人はだしの歌に付き合っても、かたくなに距離をおいていた音楽は、私にとって途切れた世界でした。

それが半世紀ぶりで再会した中学の同級生、二宮和子氏の問いかけが、会長を引き受

二宮和子演奏会（活水学院大チャペル）

ける か否か迷っていた私の背中を押しました。

「末光さん、なんか長崎でやってるそうね」

「うん、実は音楽と縁を切った僕に、音楽愛好家のグループが世話役をしてくれと頼んできて困っているんだよ」

「いいじゃないの、引き受けなさいよ」

「じゃあ二宮、長崎で演奏会してくれるかな。お金ないけど」

「いいわよお金なんか。交通費と宿泊だけ面倒みてくれれば」

彼女は世界のクラリネット巨匠55人のひとりですが、「蝶々大人の街・ながさき」の設立趣旨と長崎の様子を聞いて、快く長崎でコンサートをすることを引き受けてくれました。帰崎後、会の要望に沿って会長に就任して、ただちに演奏会の準備に取りかかりました。彼女の来崎が知れると、県内各地からレッスンを受けたいというジュニアから熟年までの演奏家が集まってきました。その交流を契機として、東京と長崎の間に音楽の架け橋ができたことを彼女とともに喜びました。

しかし、この世界の右も左もわからない私は、県内の専門家に教えを乞うべく関係先を訪ねたものですが、大村室内合奏団を立ち上げ精力的に活動していたシーハットおおむら館長村嶋寿深子氏には、とくに適切な助言をいただきました。

自己紹介もそこそこに村嶋寿深子館長に対面して、

「初対面ですみません。演奏会には、どんなことをすればよいのでしょうか」

「えっ、いったい蝶々夫人の街って何なのよ。組織や規約などあるの？　末光さんと言ったわね。あんたいくつなの？」

詰問調の質問に、会の規約や役員名簿を提示して、

「昭和11年生まれです。三菱の技術系で、この世界はまったく知らないのです」

「あらっ、同じ年なの。同期ね……」

と言って演奏会の難しさなどを親切に話してくれました。

初公演は平成24（2012）年3月15日のことです。由緒ある音楽学科を持つ活水学院の大チャペルに二宮和子氏と夫君の浜中浩一氏をお迎えし、長崎の音楽家も参加して開

二宮和子と第1回演奏会参加会員での懇親会

催したクラリネット・コンサートは成功裏に終えることができて、会員と喜びを分かち合うことができました。

その後も彼女の来崎は継続していました。ある日上京した渋谷で、浜中氏から、「おい、末光、舘野泉とデュオをやらせてくれよ」と強く要望されました。

舘野氏とのデュオを長崎ですることを楽しみにしていた浜中氏が、演奏会の直前に病で倒れて来崎できなくなり、デュオの希望は果たせませんでした。左手のピアニストである世界の舘野泉氏が演奏会当日の穴をすべて埋めて、浜中氏の希望に応える友情の演奏会となりました。

未来に思いをはせて

前述のＮＰＯ法人長崎県科学・産業技術

推進機構も、この「蝶々夫人の街・ながさき」も、純粋に民間人の手と発想で始まった集まりです。国や公共団体の助成金などに頼らず、みずからの力で高い目標に挑戦しようとしている活動は、長崎に新しい文化発祥の風を引き起こす可能性を持っています。

とくにNPOのほうは、長崎はもとより全国的に注目を集めた民間組織でした。ともするとお上の力を借りたい地方では、自立的取り組みが少ないゆえに、大切に育つことを期待して取り組みました。「蝶々夫人の街・ながさき」に集っている会員の志も、私の気持ちに似通ったところがあり、21世紀の社会に欠かせない民間組織として大成してほしいと思います。また、活動する以上は広く社会にも影響力を発揮する存在になりたいものです。

私の人生は、第三期から第四期に入ろうとしています。これからもさまざまな出会いに感謝しながら、生きる未来に思いをはせて、残された人生を、これまで半世紀を過ごした長崎に生きたいと思います。

私のルーツ、記憶の父母

追憶の父母

私は昭和11（1936）年5月18日に東京・渋谷の日赤病院で生まれました。喜寿を過ぎた日々に、兄の七五三で参拝した明治神宮の写真を見ていると、母の実家があった霞町、近くの六本木や青山墓地など、幼いころの記憶がつぎつぎとよみがえってきました。齢80を超えた今、脳裏に呼び戻された両親の記憶をたどります。

昭和57年7月23日の長崎大水害で、そのころの家族と親類、また私の三菱重工時代や子どもたちの写真は、残念ながら崖崩れの泥の中にすべて失ってしまいました。そのため私の手元には、母が手持ちしていた数枚と8ミリの映像だけとなりました。これらの写真を手にみずからの記憶を呼び覚まし、昔日の父母が記憶に残してくれた日々を記述してみたいと思います。

母の実家は、霞町の閑静な住宅街の高台にありました。この庭から坂の下を都電が走って行くのを眺めるのが好きでした。渋谷から六本木、須田町へ行く都電と霞町で直角に交差した線路で、早くに廃止になったようです。

今は、渋谷発・須田町行きの都電はもとより銀座通りの線路も、都内の都電は荒川路線を除いてなくなりました。車もほとんど来ない広い都電路を上って、六本木の近くにあった母方の八杉家へもよく行きました。

2歳くらいのときに、六本木にあった八杉家の玄関前の石段を這い登った記憶があります。玄関の石段も上がりがまちも、私の背丈には高かった光景がまぶたに残っていま す。私が高校生になったころ、その息子さんが外国語大学のロシア語教授として新聞に載った記事を見て、母からその息子さんに抱え上げられたことを教えられましたが、その素顔の記憶は呼び戻せませんでした。

母は実家吉田家の長女でした。三人の兄弟は端正な顔立ちで、いずれも秀才と言われた大学生でした。一番優秀と言われていた弟さんが病気で亡くなりました。亡くなった大学生の従兄は、よく日本刀を抜いて見せてくれたことがあり、そのたびに伯母や兄弟から危ないから早くしまいなさいと言われていました。

七五三の兄と私(明治神宮)

残り二人は、吉田家が終戦後に奥沢へ移転したあとも家族ぐるみで行き来したものです。とくに末子だった正《ただす》叔父は、三菱商事で社内結婚した元気な由紀子オバといつも仲のよい熱々ぶりを見せつけました。以来、私が社会人になってからも吉田家とは家族ぐるみで親しく付き合い、正叔父が米国の三菱商事時代に駐在していたころ、私がニューヨークへ出張するたびに、同行社員ともどもお世話になりました。

父は、上北沢にあった父の恩師でもあり母の従兄であった瀬藤象二東大工学部電気工学科教授の家へ技術の相談に行くとき、いつも兄と私を連れて行きました。仕事のことで教授と父が、真剣のあまり口角泡を飛ばして議論することが多く、子どもには居場所がなかったものでした。ある日、兄と私は悪ふざけをして関心を得ようと教授にまとわりついて話の邪魔をしました。その所作に我慢し続けていた教授が、突然兄をねじ伏せて叱りました。それまで見たこともなかった剣幕に、体がすくんでしまいました。

話が続けられないので、家を辞した父や私たちを送ってきた奥さんやお手伝いさん（当時は女中さん）の癒しの言葉にも、兄は泣きじゃくるばかりでした。そんな私たちに父は何とも言いませんでした。子ども心に「子どものしつけができていないことで、父に恥をかかせてしまったな」と、このときの情景が私の心に突き刺さってしまいました。

うちの朝食は、オートミルにハムと目玉焼きにパンかご飯でした。私はご飯に牛乳をかけたりバターを混ぜたりするのが好きでした。おかずがなくてもこれだけで十分でした。

オートミルがあったのは、新しがり屋の父が外国で覚えてきたか、しゃれた船来気分を学生時代から楽しんでいたからかもしれません。

ちなみに我が家では、「パパ、ママ」と呼んでいましたが、そのことを不自然と思ったこともまったくありませんでした。戦争中に敵国語排斥の命令が出ていましたが、この言葉が敵国語だと言われたことはありませんでした。近所は、「父さん、母さん」と言う子どもばかりでしたが、すじ隣の貿易商社の末吉さんの家が「パパ、ママ」でした。

のち長崎で、「60歳も過ぎた大人が母をママと言った」と地の人から笑われました。「ママ」は銀座でも長崎でもスナックやサロンなどの女主人を指していました。

末吉さんの家には、外国製の電気冷蔵庫や電気洗濯機がありました。どの家も氷を使った冷蔵庫や洗濯板でごしごしと手で洗濯していた当時、私は不可思議なものが末吉さんの家にはあるなとしか思いませんでした。

我が家には戦争中でも貴重品だったショートケーキや干しバナナが手に入っていました。季節になるともみ殻の入った箱詰めのりんごが、長野に住む父の友人から木箱で送られてきました。そのようなことが世間からすると特別不思議なことだったとは、中学に入っていろいろ見聞するまで気がつきませんでした。家でも特別に話題にもなりませんでしたし、自慢にする雰囲気もありませんでした。父が亡くなって、親類や従兄弟たちから昔話を聞くまで知りませんでした。

5歳のころ、父に連れられて深川にあった電線工場を見に行ったことがあります。事務所で、父と同期に入った管理部門の人と話したあと、現場に行きました。汚れた工場の土間の上を真っ赤になった塊が、かなりのスピードで機械を何度も通ってするすると電線になって出てくる様に、大蛇を見ているようでした。

工場の職人さんたちは、父のことを「ちょうだいさん」と呼んでいました。それは仕事を頼むときに「……やってちょうだい」と言ったことから、工員さんたちから半分からかいを混ぜてあだ名になったと聞きました。その工場のおじさんたちが、昼食と言って大きなおにぎりを差し出しました。私の顔ほどもある大きなおにぎりに圧倒されて、少しも口に入りませんでした。

東玉川幼稚園で2年保育が始まり、家の外に慣れさせようと母が私を入園させました。初めて入った幼稚園の騒々しさに恐れをなして、翌日から行かないと言って駄々をこねました。母は、年長組に通っていたすじ向かいのけい子ちゃんに通園を頼みました。けい子ちゃんが休むと私も休みました。

幼稚園は楽しいというよりも、みずからをやり場のない気分に陥らせるものでした。遊びやゲームにもほとんど参加しないで、背を壁に見ている状態が続いたそうです。「進は内弁慶なのよ」と、母が女中のお菊さんとおしゃべりしているのを聞きました。

私は甘えられるこのお菊さんが好きでした。何かあるとすぐに「お菊」と呼びました。お菊さんの意見も入れて、母も「嫌な思いを長続きさせたくないわ」と、私の幼稚園をあきらめて中退させました。私は圧迫感のない毎日に戻って、内弁慶を謳歌《おうか》しました。

父の思い出

父は、知人や近所の家々などに雑談しに行ったり、社員旅行や会社の工場などにも、たいがい兄と私を一緒に連れて行ったものでした。宮参りや七五三で乃木神社や明治神宮へ箱型フォードの円タクに乗って、よく行ったものです。この時代のタクシーには、後部座席と向かい合わせて座る折りたたみ椅子があり、それを自分で持ち上げるのが楽しみでした。雨の日の人力車は、前の扉が閉められると中は暗くなり、扉に小さく設えた2つのセルロイドの窓が、おばけの目に見えて不安な気持ちにすくんだものでした。

長男だった父は、四国・松山の田舎から本家を分家に譲って東京へ出てきたそうです。何の縁もゆかりもなかった都会の淡白な雰囲気は、田舎の濃密な人間関係にあった父にとって、ひと一倍人恋しさや寂しさを感じさせたのでしょう。

新築した東玉川町の家で

戦前の世の中にはそんな学生を受け入れる余裕があったのでしょう。父の新しがり屋で話し好きな性格から、おそらく東大生という特権を生かして、厚かましくどこへでも押し掛けていたのでしょう。学生仲間はむろんのこと、精養軒のご主人や帝国ホテルの支配人から銀座の中華料理屋の女将にいたるまで、戦前・戦中の不自由な時代に会社帰りに持ち帰った宮様のケーキや皇室献上用の果物などのみやげがあった理由を、もの心ついた戦後に知りました。また、戦後の食糧難時代の買い出しには、この付き合いの広さが我が家の食糧補充に遺憾なく発揮されていたことを、子ども心にうすうす感じていました。

兵役につかないでよい技術者であったので、銃後の守りのために会社勤めが続いていました。東京大空襲によって交通機関が止まったなかを、一面焼け野原となった東京の街を横断して深川の会社まで、東玉川の家から自転車で通いました。このような戦時中の無理がたたって体を壊し、戦後の父は肺結核を発症して長い闘病生活が続きました。

休みがちの父を訪ねて、会社の人たちがしばしば家に来ました。あたり構わず大きく甲高い声が応接間から響いてくると、精一杯の力で仕事に懸けているすごさを感じたものでした。その声の強さに、上司も部下も関係なく体をちぢこまらせていないかと心配したものでした。気持ちを込めた話しぶりは、闘病中でも若いころとまったく変わらないものでした。父は53歳の夏、私が大学2年生のとき亡くなりました。

私たち子どもにも同じような話し方で、自分の気持ちを声の高さで発露してきたものです。声の張りに圧倒されることはありましたが、いつも対等の雰囲気で接する姿勢に変わりなく、こちらが口を開くと受け側になって聞き耳を立てました。また、どんなときにも自分の意見を押し付けることはなく、どちらが正しいか判断して理由を説明する謙虚な言葉には説得力がありました。しかし、ごまかしやあいまいさには妥協しない性格から、何事にも真実に忠実であろうとする言葉のほとばしりに、初めての人は抵抗を感じるかもしれないと思ったものでした。

病気は肺結核でした。近くの及川病院長が昼夜を分かたず往診に来る安心感と、なんといっても米軍が持っていたストレプトマイシンが命を長らえさせました。5年生のときでした。病に臥《ふ》す父から伝研（伝染病研究所）へ行って薬をもらってくるように言われました。見知らぬ場所に初対面の人を訪ねる目蒲線の電車に乗ったとき、緊張のためか周りの人やものが大きな影となってのしかかってくるように感じました。

教えられた道をたどって着いた伝研は、太い柱を入口に構えた建物でした。停電中の薄暗い建物は人気《ひとけ》がありませんでしたが、四角く細長い包みを渡されました。あとで知ったことですが、まだ日本で手に入らなかったストレプトマイシンでした。どのような手立てで日本になかった薬を入手することができたのか、聞いたことも明かされたこともありませんでした。

出勤と自宅療養を続ける父は、藤倉電線㈱を退社して昭和電線電纜㈱に迎えられました。しばらくは毎日出勤できるほど元気になり、新しい勤め先で電線御三家に対抗した新製品の生産に打ち込んでいました。遠藤さんという秘書がすばらしいと、帰宅するたびに話していました。とくに、「お茶が飲みたいなと思うと、何も言わないのにそっとお茶が出てくるんだよ」と話すときは、心から勤務を楽しめているようでした。

初日の出勤のとき生じた出来事には、父の見てくれなど気にしない性格から、さもありなんと思いました。病魔に襲われ自宅療養を続けていた父は、藤倉電線時代に着古した背広しかありませんでした。ところどころ綻《ほころ》びもある背広で、しかも病み上がりの姿を見れば守衛もうさんくさいと思ったでしょう。会社の門で守衛から呼び止められたそうです。

「どこの人ですか。どなたを訪ねるのですか」

「今日から役員として来た末光忠一だ。君は役員の顔も知らないのか」

父はその場から社長に取り次いでもらい、守衛は平身低頭したそうです。

父の姿を見た社長はビックリしたのでしょう。翌日2着分の背広の生地を我が家へ届けてきました。

その後、新製品の生産に成功して国鉄（現ＪＲ東日本）へ売り込みに行ったそうです。藤倉電線時代から顔見知りの部長に、

「藤倉に負けない製品だ。使ってみてくれんか」

「末光さん、昭和電線は二流会社ですよ。国鉄は実績のないものは使いません」

「なにしろ置いていくから見といてくれ」

と言って帰ってきたと私たちに話した数週間後、国鉄から試しに使うので納入するようにと注文が来たと喜んでいた笑顔を思い出します。おそらく東大仲間のよしみと、藤倉電線時代の実績からできたのでしょう。その後は電線御三家の一角に食い込んで、新製品の売上を伸ばしていました。

父が元気になると、大学時代の友人たちが訪れるようになりました。終戦後の「ニコヨン」の時代で定職がないときです。よく来る人で、東大卒なのに湘南から三浦半島までを一手に治めて金物廃品業をしている話に引き込まれました。

「九州から関東まで荷車を引いて半鐘を盗んでくる奴がいるんだ」

「ほら、戦争中に村々に警報をする半鐘があるだろ。あれだ。鉄くずのお金稼ぎに最適なんだ」

朝鮮戦争で金偏景気で金属くずでもお金になりました。子どもたちも磁石をひもで道路や工事現場を引きずって、くぎや鉄くずを集めて小遣い稼ぎをしました。

順調に見えた体調が急に崩れ、出勤と療養との連続となりました。自宅で一進一退を繰り返しながら、家族の見守るなかで53歳の人生を終えました。

父が息を引き取った部屋はいつも寝ている座敷でした。その廊下にまばゆいばかりの朝日がひとすじ差し込んできて、薄暗い電燈の部屋が急に明るくなりました。それを待っていたかのように、医師の「ご臨終です」の言葉に続いて一陣の風が雨戸や屋根瓦を叩くように吹き抜けました。光と一瞬の音が、嗚咽《おえつ》を拭い去るように部屋を静寂にしました。

会社の人が駆けつけて葬儀の準備が一段落したお昼時でした。父が10日ほど前に植えた小さなバラの木に、一輪の真っ赤なバラが陽を浴びていました。早朝からの慌しさに、この一輪の花が安らぎをもたらしました。

前年に慶應の工学部に合格したことをことのほか喜んで、自分の大学時代に使った理学の本を私の部屋へ抱えてきたときには、今さらと思いながらも子どものようにほほ笑ましく感じたものでした。

弟が国立北海道大学に入った以外、4人は私立の学校でした。5人全員が学生だった我が家を心配して、会社が子どもが学校を卒業するまで毎月定額のお金を母の通帳に振り込んでいたことを大学卒業後に知りました。父の収入がなくなり、私も意識して倹約に努めましたが、不定期に小遣いを求めても、母は二の句もなく出してくれました。

母の思い出

母は、よくピアノやお琴を弾いていました。上3人が男の子でしたので、男は仕事一筋で生きるべしと考えていたかどうかわかりませんが、教えることも習わせることもなく自分だけが弾いていました。戦争になるとピアノどころでなくなり、立派なピアノもお琴も子どもの遊び道具になりました。兄と鍵盤の上にロウソクをたらし火をつけたので、多くの鍵盤が焼け焦げました。ピアノの鍵盤が焦げたりロウソクの痕が残ったりしたことにも、母からの叱責はありませんでした。お琴は補充する糸もなく、袋に入れて床の間に立てかけられたままになりました。

戦後、疎開から帰ってくると、ピアノもお琴もいつの間にかなくなりました。母のいさぎよい性格から、戦争中は弾くこともできないままになり、おそらく子どもたちにはわからぬように食糧難や父の病気の費用など、生活のために手放したのでしょう。子どもの知らないでよいことについて、母の割り切る性格から何も知らされませんでした。

父が亡くなったあと、子ども5人は学校へ行っていました。子ども心にも、収入がないので必要最小限の出費を心がけましたが、授業料や交通費など何のためらいもなく払ってくれました。何のために必要といえば母は本当はダメと言ってもよいのに、ダメと言ったことがありませんでした。全員が卒業するまで、会社が父の報酬程度を出してくれていたことを、学校を卒業してから叔父が教えてくれました。

私の次男坊が母と田園調布のマンションで暮らしていたことがありました。ある日、「朝からお化粧した顔しか見たことがないのはどうして?」という孫である次男坊の問いに「素顔を見せないのは、明治女のたしなみ」と答え、死ぬまでおしゃれを守り通しました。華奢な体でも、明治女のしつけを通した強い人でした。

母は、ひとりで生活できる体のうちは、誰の世話にもならずに綱島の家で暮らしていました。あるとき、暴力団にまつわる事件に巻き込まれてその家を手放すことになり、ほとぼりが冷めるまで長崎へ来て暮らしたことがあります。

友だちもいない土地に来たので身のやり場に悩んでいたようですが、よく横道にできたお風呂へ行くようになりました。長与からだと住吉でバスを乗り換えるのですが、けっこうひとりで出かけていました。気さくな性格なのか、お風呂友だちができていたようでした。

体の調子がよくなると、ひとりで暮らせるからと言って東京へ帰りたがりました。知り合いの不動産屋さんにアパートを探してもらい、日吉に住むことになりました。近くに親類の家や知人がいましたし、女学校時代から仲のよかった親類の桜田さんと会うのがことのほか楽しく、心の支えになっていたようでした。

着物姿のこの桜田ばあさんに、お会いしたことがあります。小さな体に上品が凝縮されているような女の人でした。物腰はゆっくりと丁寧で、着物姿に隙がなく、柔らかく話す言葉にも無駄がまったくありませんでした。このような女の人を現代に求めたり、育てたりすることは不可能と感じました。

長崎でトボトボと歩いているのは体調が悪かったためと思っていましたが、東京へ帰ると決まると、朝から瀟洒《しょうしゃ》な洋服に着替えて、細く高いかかとの靴を履いて都会の雰囲気に変わっていました。しかも羽田に降りると、それまで長崎では見せなかった小走りでもするように、細いハイヒールのかかとをカツカツと鳴らして歩くではありませんか。よほど東京の街や友人・知人が恋しかったのだと思いました。

その母も貧血がひどくなり、日吉のひとり住まいが困難となりました。長崎へ引き取ることとしましたが、まだひとりの生活がよいと言うので既設のケアハウスのような老人マンションを見て歩きました。

仕事帰りのある日、赤迫の通りで新築ケアハウスの看板が出ていたので入ってみました。対応した若い女性職員たちの話し方や応対ぶりから、今まで見てきたケアハウスで味わったことのない親しさと信頼感が伝わってきました。

すぐに入居の条件を聞き仮予約をした翌日、完成間近の施設を見てその場で決めました。そのときお会いした女性職員がこの施設の施設長になったことを入居後に知りました。

決め手となったのは施設が新しいこともあったのですが、対応する職員の明るさと心からの思いやりの気持ちや高ぶらない優しい話しぶりに、それまで見ていた施設とまったく違う雰囲気を感じたからでした。母にピッタリだと直感しました。

母は約1年半、この施設に満足して暮らしました。横浜でかかっていた医師の健康診断書では、貧血がひどく増血剤を処方してもらった以外は正常となっていました。ところが虹が丘病院で検診してもらったところ、子宮からの出血があることがわかり、子宮がんと診断され即刻入院、手術となりました。がんは子宮から直腸の部分にまで広がっていたのですが、術後は見違えるほど元気になりました。

このときとばかり両眼の白内障も手術をした結果、病院の窓から遠くの建物や山々に目をやりながら、「こんなによく見えるようになったわ」と満面笑みを浮かべて東京の人たちに手紙を書いていたのが昨日のことのように思えます。

その母は体調が優れないと言ってひとりで病院へ行ったところ、その日に入院と宣告されました。みずからケアハウスへ取って返し、入院の準備をして再び虹が丘に入りました。婦長さんが、すべて自分ひとりで準備してきたことに驚いたと感心していました。

腎臓の機能低下とがんの再発を告げられ、担当医師から腎臓の手術をするか否かの相談がありました。米寿を前に1年もせず、再び全身麻酔を続ける不安もありましたが、そのまま野垂れ死にするのは母の意図するところではなかろうと再手術をしました。

しかし、体力の限界にあったのか危篤状態に陥りました。あと1週間で米寿を迎えるときでした。医師から時間の問題と言われました。私は、せめて米寿を迎えさせたいと心に問いかけながら祈りました。

米寿の朝でした。酸素吸入を受けながらも頭は正常で、問いかけには、かすかな唇の動きと目で反応しました。「進ちゃん、もう駄目なのよね」を最後に昏睡状態になり息を引き取りました。そんな母の姿を目にして、米寿が迎えられてよかったという感謝と安堵の気持ちが広がりました。

今日までを振り返ると、両親には親孝行をするよりも負担をかける一方でした。そう悔やみながらこの私に、一人前の健康な体と数奇な体験をする機会の多い人生を残してくれた両親に、「後悔先に立たず」でも、ここに思い出を残し、これからの生き様でお返しすると誓うのです。

あとがき

「うず潮」の記事を掲載日順でなく、内容が似たもので続くように並べ替えて編集しました。新聞を読まれた方から、よく「あなたの文章は難しくて、よくわからない」という声をいただくことも多く、少し硬い内容の評論的なものを後に並べるようにしました。最後は、私の考え方を述べた、「さらば、モラトリアム」で閉めました。

「うず潮」の記事に続いて、これまで海と触れ合い出会った思い出を文字にする過程で、自分はいったい何者で、どこから来たのだろうかと思うようになりました。その源流を探るべく、生みの親である両親の生き様にいたって、初めて自分の思考や行動に影響しているルーツを見つけたように思いました。

もちろん文字に表せない機微も多かったのですが、海との出会いで体験した私の経験や生き様が、少しでも読者の参考になれば幸いと編集者に話しました。その勝手な思いを汲んで、このような書籍にするためご指導いただいた長崎文献社堀憲昭編集長と西浩孝氏ならびに関係者の皆様にお礼申し上げます。

末光　進

著者略歴

末光 進（すえみつ すすむ）

1936年　東京生まれ
1960年　慶應義塾大学理工学部機械工学科卒業
　　　　三菱重工業㈱（当時 三菱造船）入社
1989年　MHIオーシャニクス㈱代表取締役
1997年　長崎県産業振興財団専務理事
2003年　NPO法人長崎県科学・産業技術推進機構専務理事
2005年　ベンチャーズファーム代表
　　　　大村湾再生研究協議会副代表
2011年　蝶々夫人の街・ながさき会長
現　在　政策フォーラム丸山塾塾長

うず潮にもまれて

発 行 日	2018年11月20日
著　　者	末光 進
発 行 人	片山 仁志
編 集 人	堀 憲昭
発 行 所	株式会社 長崎文献社 〒850-0057 長崎市大黒町3-1　長崎交通産業ビル5階 TEL. 095-823-5247　FAX. 095-823-5252 ホームページ http://www.e-bunken.com
印 刷 所	モリモト印刷株式会社

ISBN 978-4-88851-304-3　C0095